Jackson PARKER SMITH

COMMENT SURVIVRE À UNE INVASION EXTRATERRESTRE

Un guide pratique pour rester en vie.

Cher lecteur,

Vous tenez entre vos mains un guide pratique qui pourrait bien sauver votre vie en cas d'invasion extraterrestre. Nous avons tous vu des films et lu des livres sur le sujet, mais peu d'entre nous se sont réellement préparés à faire face à une telle situation.

Ce guide a pour but de vous donner les outils nécessaires pour survivre dans un monde où les règles ont été complètement bouleversées. Vous y trouverez des conseils pratiques sur la façon de trouver un abri sûr, de vous nourrir et de vous hydrater, de vous déplacer en toute sécurité, de vous défendre contre les extraterrestres et de garder le moral pendant les moments difficiles.

Bien que nous espérons que vous n'aurez jamais à utiliser les informations contenues dans ce guide, nous sommes convaincus qu'il vaut mieux être préparé que de se retrouver pris au dépourvu. Nous avons travaillé dur pour rassembler les meilleures informations disponibles sur le sujet et nous espérons que ce guide vous sera utile si jamais vous vous retrouvez dans une situation aussi terrifiante.

Nous vous souhaitons bonne chance et surtout, prenez soin de vous.

L'équipe éditoriale.

Introduction

Depuis des décennies, l'idée d'une invasion extraterrestre a captivé notre imagination. Les films hollywoodiens nous ont présenté des scénarios terrifiants d'extraterrestres débarquant sur notre planète pour nous envahir et nous réduire en esclavage. Mais est-ce vraiment si loin de la réalité ?
En réalité, nous sommes confrontés à de nombreux défis en tant que société mondiale, allant du changement climatique aux pandémies mondiales en passant par les conflits politiques et les guerres. Cependant, il y a un danger encore plus grand qui plane au-dessus de nous : la possibilité d'une invasion extraterrestre.

Cela peut sembler être une hypothèse de science-fiction, mais les preuves suggèrent que nous ne sommes pas seuls dans l'univers. De nombreux scientifiques croient qu'il existe d'autres formes de vie ailleurs dans l'espace, et certains pensent que certaines de ces formes de vie ont déjà visité notre planète.

Nous devons donc nous préparer à toute éventualité. Dans ce guide pratique, nous allons examiner les différentes étapes à suivre pour survivre à une invasion extraterrestre. De la compréhension des motivations des extraterrestres à la façon de se préparer à l'invasion, en passant par les étapes à suivre pour trouver un abri sûr, se nourrir et s'hydrater, se déplacer en toute sécurité, se défendre contre les extraterrestres, garder le moral et établir une communication avec les autres survivants, ce guide pratique est un outil essentiel pour quiconque souhaite rester en vie en cas d'attaque extraterrestre.

Nous espérons que ce guide sera utile pour vous et qu'il vous donnera les connaissances et les compétences nécessaires pour survivre à une invasion extraterrestre.

La question peut sembler farfelue pour certains, mais pour d'autres, la possibilité d'une invasion extraterrestre est une réalité bien tangible. Bien sûr, nous ne pouvons pas prédire l'avenir et savoir si cela arrivera un jour, mais il est toujours bon d'être préparé en cas d'un tel événement.

Pensez-y de cette façon : nous avons des plans d'urgence pour les catastrophes naturelles telles que les tremblements de terre, les inondations et les incendies, alors pourquoi ne pas avoir un plan d'urgence pour une invasion extraterrestre ? Cela peut sembler improbable, mais cela pourrait arriver à tout moment, et nous devrions être prêts à faire face à cette situation.

L' histoire nous a montré que les êtres humains ont toujours été confrontés à des menaces externes, qu'il s'agisse de guerres, de pandémies, de catastrophes naturelles ou d'autres formes de crises. Dans ces situations, la survie dépend souvent de la préparation, de la réactivité et de la résilience.

Par conséquent, ce guide pratique sur la survie en cas d'invasion extraterrestre vise à fournir des informations et des conseils utiles pour aider les lecteurs à se préparer mentalement et physiquement à faire face à une telle situation. Nous allons explorer les différentes étapes à suivre pour maximiser ses chances de survie en cas d'invasion extraterrestre, en utilisant des exemples de situations réelles et en tirant parti des dernières recherches scientifiques et techniques de survie.

Ce guide a été conçu pour vous aider à survivre à une invasion extraterrestre. Il est important de comprendre que chaque situation est unique et que ce guide ne peut pas couvrir toutes les éventualités. Cependant, en suivant les conseils et les instructions donnés, vous augmenterez vos chances de rester en vie.

Voici quelques conseils pour utiliser ce guide efficacement :

1 - Lisez-le attentivement avant une invasion extraterrestre : Il est essentiel de lire ce guide avant qu'une invasion extraterrestre ne se produise. En le lisant attentivement et en prenant des notes, vous serez mieux préparé pour faire face à cette situation stressante.

2 - Familiarisez-vous avec les différents chapitres : Ce guide est divisé en plusieurs chapitres, chacun abordant un aspect spécifique de la survie en cas d'invasion extraterrestre. Familiarisez-vous avec chaque chapitre pour comprendre comment les informations contenues dans ce guide peuvent être utilisées pour votre situation.

3 - Utilisez-le comme référence en cas d'urgence : Vous n'aurez peut-être pas le temps de lire tout le guide. Il est donc

important de l'utiliser comme référence en cas de besoin. Gardez-le à portée de main et utilisez-le pour trouver rapidement les informations dont vous avez besoin.

4 - Soyez réaliste : Il est important d'être réaliste quant à vos chances de survie en cas d'invasion extraterrestre. Ce guide vous donnera les meilleures chances de rester en vie, mais il ne peut garantir votre survie. Soyez prêt à faire face à des situations difficiles et à prendre des décisions difficiles.

5 - Faites des pratiques : Enfin, il est important de pratiquer les techniques de survie décrites dans ce guide. Faites des exercices d'entraînement, organisez des simulations d'invasion extraterrestre avec vos amis ou votre famille pour vous entraîner à réagir en cas de situation d'urgence.

En suivant ces conseils, vous serez mieux préparé pour faire face à une invasion extraterrestre et pour survivre à cette situation difficile.

COMPRENDRE L'ENNEMI

Qui sont les extraterrestres ?

La première étape pour survivre à une invasion extraterrestre est de comprendre qui sont ces êtres venus d'ailleurs. Contrairement à ce que les médias nous ont montré, les extraterrestres ne sont pas tous des petits êtres verts avec des yeux globuleux et un rayon laser. En réalité, nous ne savons pas à quoi ils ressemblent exactement, ni même s'ils existent vraiment.

Cependant, si nous supposons qu'ils existent, nous pouvons tirer des conclusions logiques à partir des rares observations que nous avons eues. Les scientifiques spéculent depuis longtemps sur la possibilité de la vie extraterrestre, mais nous n'avons pour l'instant aucune preuve tangible de leur existence. Pourtant, si les extraterrestres existent bel et bien, ils pourraient être très différents de nous sur le plan physique, mental et culturel.

Les extraterrestres pourraient être plus évolués que nous sur le plan technologique, avec des capacités avancées en matière de voyage spatial, de communication, d'armement et de manipulation génétique. Ils pourraient également avoir des formes de vie très différentes de celles que nous connaissons sur Terre, ce qui pourrait les rendre résistants à des conditions environnementales que nous ne pourrions pas supporter.

Pour survivre à une invasion extraterrestre, il est important de garder à l'esprit que les extraterrestres pourraient être très différents de nous sur de nombreux aspects. Nous ne pouvons pas présumer qu'ils agiront de la même manière que nous ou qu'ils auront les mêmes motivations. Nous devons donc être prêts à apprendre autant que possible sur eux afin de mieux comprendre leurs intentions et de développer des stratégies de survie efficaces.

Il est également important de noter que les extraterrestres pourraient avoir des intentions pacifiques ou hostiles. Nous ne savons pas si leur visite sur Terre serait motivée par la curiosité scientifique, le désir d'établir un contact pacifique avec une autre forme de vie ou le besoin de ressources. Dans le pire des cas, ils pourraient chercher à nous conquérir ou à nous détruire. Dans tous les cas, nous devons nous préparer à toutes les éventualités et être prêts à agir rapidement et efficacement pour assurer notre survie.

Quelles sont leurs motivations ?

Les extraterrestres ont des motivations qui peuvent varier considérablement selon les espèces. Certaines peuvent être amicales, cherchant simplement à établir des contacts avec d'autres formes de vie dans l'univers. D'autres peuvent être hostiles et chercher à conquérir ou à dominer d'autres planètes. Il existe également des espèces qui sont indifférentes à l'existence d'autres formes de vie.

Si les extraterrestres sont hostiles, il est important de

comprendre leurs motivations pour savoir comment réagir et se défendre en conséquence. Les raisons de leur agressivité peuvent être diverses : la conquête de ressources, la défense de leur territoire, l'expansion de leur empire, ou simplement une soif de pouvoir et de domination. Dans tous les cas, il est important de rester vigilant et de prendre des mesures pour protéger sa propre survie.

Pour mieux comprendre les motivations des extraterrestres hostiles, il est important de se renseigner sur leur culture, leur histoire et leur technologie. Il peut être utile de chercher des analogies avec les conflits humains pour mieux appréhender leur comportement et leur stratégie.

Dans tous les cas, il est important de garder à l'esprit que les extraterrestres sont des êtres complexes et qu'il est impossible de généraliser leur comportement ou leur intention. Il est donc important de rester ouvert d'esprit et de se montrer prudent dans toute interaction avec eux.

Comment se comportent-ils lors d'une invasion ?

Lors d'une invasion extraterrestre, il est important de comprendre le comportement des extraterrestres pour pouvoir anticiper leurs mouvements et agir en conséquence. Selon les témoignages et les analyses des experts en ufologie, il semblerait que les extraterrestres aient des tactiques bien spécifiques lors d'une invasion.

En effet, les extraterrestres possèdent souvent une

technologie bien plus avancée que la nôtre, leur permettant d'avoir un avantage certain lors d'une invasion. Leur capacité à se déplacer rapidement et efficacement leur permet d'atteindre des zones stratégiques et de mettre en place des positions défensives en un temps record. De plus, ils sont souvent équipés d'armes énergétiques très puissantes qui peuvent causer des dommages considérables aux structures et aux infrastructures.

Il est donc important pour tout survivant de comprendre la nature de ces armes et de savoir comment s'en protéger, ainsi que de connaître les méthodes utilisées par les extraterrestres pour se déplacer et se positionner. En comprenant leur façon de se comporter, il est possible de mieux anticiper leurs mouvements et de trouver des moyens de les contrecarrer.

Cependant, il est également important de noter que chaque invasion extraterrestre est unique et peut être différente de ce que nous avons pu connaître dans les films ou les livres de science-fiction. Il est donc crucial de garder un esprit ouvert et de ne pas se fier uniquement à des clichés ou des stéréotypes, mais plutôt de faire preuve d'adaptabilité et de réactivité face à chaque situation particulière.

Les extraterrestres ont une stratégie très précise lorsqu'ils envahissent une planète. Ils concentrent généralement leurs attaques sur les zones stratégiques, telles que les centres de communication et de pouvoir, ainsi que les zones densément peuplées. En éliminant ces zones clés, ils peuvent affaiblir considérablement la résistance de la population et rendre leur invasion plus facile.

Les extraterrestres ont la capacité d'utiliser des technologies avancées pour neutraliser les forces militaires et les gouvernements locaux. Ils peuvent désactiver les systèmes de défense, les radars, les satellites et les réseaux de communication en un clin d'œil, laissant les forces locales désorientées et incapables de réagir efficacement.

Il est donc essentiel de comprendre que les extraterrestres sont des ennemis redoutables qui ont une longueur d'avance technologique considérable. Pour survivre à une invasion extraterrestre, il est important de connaître leurs tactiques et de trouver des moyens de les contrecarrer.

Une fois qu'ils ont établi leur domination sur une région, les extraterrestres peuvent procéder à des enlèvements de masse pour étudier les humains et leur environnement. Ils peuvent également imposer des lois et des règles strictes pour contrôler la population et empêcher toute rébellion.

Les enlèvements de masse sont souvent effectués pour collecter des données sur les humains, tels que leurs caractéristiques physiques et mentales, leur culture et leur technologie. Cela permet aux extraterrestres de mieux comprendre les humains et de déterminer s'ils représentent une menace pour eux. Les extraterrestres peuvent également chercher à établir une présence permanente sur Terre en construisant des installations et en déployant des forces de sécurité pour maintenir leur contrôle sur la population.

De plus, les extraterrestres peuvent utiliser des tactiques de propagande pour influencer la population et les amener à accepter leur domination. Ils peuvent utiliser des technologies de contrôle mental pour influencer les pensées et les comportements des humains, ou diffuser des messages à travers les médias pour promouvoir leur propre agenda. Enfin, les extraterrestres peuvent également utiliser des moyens de dissuasion tels que des armes de destruction massive pour forcer les humains à obéir à leurs demandes.

Il est également important de noter que les extraterrestres peuvent avoir des motivations différentes pour envahir la Terre. Certains cherchent des ressources naturelles pour leur propre survie, tandis que d'autres cherchent à conquérir de nouveaux territoires ou à étudier les formes de vie.

En comprenant le comportement et les motivations des extraterrestres lors d'une invasion, les survivants peuvent être mieux préparés pour agir et éviter les pièges potentiels.

PRÉPARATION AVANT L'INVASION

Comment évaluer les risques et les menaces ?

Avant toute chose, il est essentiel de comprendre que l'invasion extraterrestre est une menace très réelle et très sérieuse. Cela ne doit pas être pris à la légère, car cela pourrait mettre en danger la survie de l'humanité tout entière. Il est donc crucial d'évaluer les risques et les menaces potentiels liés à cette situation afin de pouvoir s'y préparer de manière adéquate.

Lorsque vous évaluez les risques potentiels liés à une invasion extraterrestre, vous devez vous tenir informé de toutes les observations et des témoignages crédibles d'OVNI et de rencontres extraterrestres dans votre région. Les sites internet spécialisés et les groupes de discussion en ligne peuvent être utiles pour recueillir des informations sur les signes avant-coureurs d'une invasion extraterrestre.

En plus de cela, il est important de comprendre les habitudes et les comportements des extraterrestres. Par exemple, certains experts croient que les extraterrestres ont tendance à éviter les zones où les signaux électromagnétiques sont forts, tels que les centres de communication et les centrales électriques. En se renseignant sur ces comportements, vous pourrez anticiper les mouvements des extraterrestres et prendre des mesures préventives pour éviter d'être pris au dépourvu.

Il est crucial de se tenir informé de l'actualité pour comprendre les tendances et les développements technologiques qui pourraient affecter les extraterrestres. Des découvertes scientifiques et technologiques récentes pourraient avoir des conséquences importantes sur la vie extraterrestre et leurs relations avec les humains. Par exemple, les avancées dans le domaine de la propulsion spatiale pourraient conduire à une exploration plus approfondie de notre système solaire et au-delà, ce qui pourrait attirer l'attention des extraterrestres et entraîner des rencontres potentiellement dangereuses. De même, la recherche d'autres planètes habitables dans l'univers pourrait accroître les chances de découvrir d'autres formes de vie extraterrestre, mais cela pourrait également susciter la curiosité et l'intérêt des extraterrestres à l'égard de notre propre planète. Par conséquent, il est essentiel de rester informé de ces développements pour mieux évaluer les risques et les menaces associés à une possible invasion extraterrestre.

Une fois que vous avez collecté suffisamment d'informations, il est important de procéder à une évaluation des risques en utilisant des outils et des méthodologies appropriés. Cela peut inclure l'identification des zones géographiques les plus vulnérables, des points de rupture potentiels dans les systèmes de communication et d'énergie, ainsi que des stratégies pour faire face à des événements imprévus.

En résumé, l'évaluation des risques et des menaces est une étape essentielle dans la préparation à une invasion extraterrestre. Il est crucial de se tenir informé, d'analyser les données disponibles et de prendre des mesures préventives pour minimiser les dommages potentiels. Cela peut permettre de gagner un temps précieux en cas d'attaque et d'augmenter les chances de survie.

Comment se préparer mentalement et physiquement ?

Tout d'abord, sur le plan mental, il est important de garder son calme et de rester rationnel en cas d'invasion. Il est recommandé de se renseigner sur les différents scénarios possibles afin d'être mieux préparé en cas de crise. Les exercices de méditation et de relaxation peuvent aider à maintenir une attitude calme et concentrée en toutes circonstances. Il est également conseillé de rester informé et de rester en contact avec sa famille et ses amis pour ne pas se sentir isolé en cas de crise.

Sur le plan physique, il est important de maintenir une bonne condition physique pour être prêt à faire face à toutes les situations. Il est recommandé de pratiquer régulièrement des exercices physiques tels que la course à pied, la musculation ou les arts martiaux pour améliorer l'endurance, la force et la flexibilité. De plus, il est important de stocker des provisions d'eau et de nourriture, ainsi que des fournitures médicales pour faire face aux éventuelles pénuries et aux blessures.

Enfin, il est recommandé de se procurer du matériel de survie tel que des sacs de couchage, des lampes de poche, des outils de coupe et de forage, ainsi que des vêtements et des chaussures résistants pour faire face aux conditions extrêmes. Des formations en survie en milieu hostile peuvent également être utiles pour apprendre les techniques de survie et les astuces pour faire face aux situations d'urgence.

En résumé, la préparation mentale et physique est essentielle pour faire face à une éventuelle invasion extraterrestre. Elle implique de se tenir informé, de maintenir une bonne condition physique, de stocker des provisions et du matériel de survie, ainsi que de se former aux techniques de survie en milieu hostile.

Comment se procurer les outils et les ressources nécessaires ?

Faites un inventaire de vos besoins :

Faire un inventaire de ses besoins est essentiel pour être prêt en cas d'invasion extraterrestre. Pour commencer, vous pouvez vous poser les questions suivantes : combien de personnes devrez-vous nourrir et abriter ? Pendant combien de temps pensez-vous que vous serez en situation de survie ? Dans quelles conditions climatiques allez-vous devoir survivre ?

En fonction de vos réponses, vous pouvez commencer à rassembler les fournitures de survie nécessaires. Les fournitures de base incluent l'eau, la nourriture, les médicaments, les vêtements chauds, les tentes et les sacs de couchage. Vous pouvez également envisager d'ajouter des articles tels que des kits de premiers secours, des filtres à eau, des réchauds de camping, des outils de survie comme des couteaux, des haches et des scies à fil, ainsi que des articles d'hygiène tels que des serviettes, du savon et du papier toilette.

Pour les outils électroniques, il peut être utile de se procurer des radios à manivelle ou à énergie solaire pour rester en contact avec les autres survivants et pour écouter les informations en cas d'interruption des réseaux de communication. Les lampes de poche à LED et les piles de rechange sont également indispensables. Les cartes locales et les boussoles peuvent être utiles pour naviguer dans une région inconnue. Enfin, il est important de se rappeler que chaque personne a des besoins différents, alors assurez-vous de personnaliser votre liste de fournitures de survie en fonction de vos besoins spécifiques.

En ce qui concerne l'approvisionnement en ressources, il peut être utile de se renseigner sur les magasins et les fournisseurs locaux qui proposent des fournitures de survie. Les magasins de camping, les magasins de sport et les magasins de fournitures militaires sont de bons endroits pour commencer. Enfin, n'oubliez pas que les ressources naturelles peuvent également être utiles en cas de survie, comme les sources d'eau potable, les plantes comestibles et les matériaux de construction locaux.

Faites des recherches sur les fournisseurs :

Une fois que vous avez identifié vos besoins, vous pouvez commencer à chercher des fournisseurs pour vous procurer les outils et les ressources nécessaires. Il existe de nombreux sites en ligne qui proposent des équipements de survie. En faisant des recherches approfondies sur les fournisseurs, vous pouvez trouver des entreprises réputées et fiables pour acheter vos équipements de survie. Vous pouvez également consulter les commentaires et les évaluations en ligne pour évaluer la qualité des produits proposés par ces entreprises.

De plus, n'hésitez pas à demander des recommandations à des experts en survie ou à des amis qui ont déjà acheté des équipements similaires. Ils pourront vous fournir des informations précieuses sur les produits et les fournisseurs.

Assurez-vous également de vérifier la disponibilité des produits avant de passer commande, car certains articles peuvent être en rupture de stock ou avoir des délais de livraison plus longs que d'autres. Il peut également être judicieux de comparer les prix de différents fournisseurs pour trouver les meilleures offres.

Enfin, il est important de noter que certains équipements de survie peuvent être coûteux. Il est donc important de planifier votre budget en conséquence et de rechercher des options moins chères si nécessaire, tout en veillant à ne pas compromettre la qualité ou la fiabilité des équipements achetés.

Faites preuve de créativité :

Lorsque vous êtes confronté à des situations difficiles et que vous n'avez pas accès à des outils et des ressources spécifiques, vous pouvez utiliser votre créativité pour trouver des solutions alternatives. Par exemple, si vous êtes à court d'eau et que vous n'avez pas de filtre à eau, vous pouvez collecter de l'eau de pluie en utilisant des feuilles ou des bâches en plastique pour recueillir l'eau. Si vous n'avez pas d'armes pour vous défendre, vous pouvez utiliser des objets du quotidien tels que des bâtons, des pierres, des casseroles ou des bouteilles pour vous protéger. Vous pouvez également apprendre à fabriquer vos propres fournitures de survie, comme une corde à partir de feuilles de palmier ou une lampe de poche à partir d'une pile et d'une ampoule.

La créativité est un élément essentiel de la préparation à la survie, car elle vous permet de trouver des solutions alternatives à des problèmes difficiles. Elle vous permet également de développer des compétences de bricolage et de fabrication qui peuvent être utiles dans des situations de crise.

Par conséquent, il est important de développer votre créativité en pratiquant des activités qui stimulent votre imagination et votre ingéniosité, comme la randonnée, la construction de modèles, la cuisine et l'artisanat.

Établissez des liens avec d'autres personnes :

L'établissement de liens avec d'autres personnes peut être crucial lors de la préparation en vue d'une éventuelle invasion extraterrestre. Il est important de trouver des personnes qui partagent les mêmes intérêts et les mêmes préoccupations que vous afin de pouvoir s'entraider en cas de besoin.

Rejoindre des groupes de survie locaux peut être une excellente façon d'établir des liens avec des personnes partageant les mêmes idées. Ces groupes offrent souvent des formations sur la survie en milieu sauvage, des conseils sur la préparation aux catastrophes et l'occasion de rencontrer d'autres personnes qui partagent vos préoccupations.

Il peut également être utile de nouer des relations avec vos voisins. Si vous êtes confronté à une situation d'urgence, il est important d'avoir des voisins sur qui vous pouvez compter pour vous aider en cas de besoin. Il peut être utile d'organiser des rencontres de quartier pour discuter de la préparation aux catastrophes et pour trouver des moyens de travailler ensemble pour se préparer à des événements imprévus.

Enfin, il peut être bénéfique d'établir des relations avec des personnes qui ont des compétences spécifiques. Par exemple, un médecin pourrait être en mesure de fournir des soins médicaux en cas d'urgence, tandis qu'un ingénieur pourrait aider à construire des structures de survie ou à mettre en place des systèmes de communication. Ces compétences peuvent être très utiles lors d'une invasion extraterrestre et peuvent aider à améliorer les chances de survie.

En résumé, pour se procurer les outils et les ressources nécessaires pour se préparer à une invasion extraterrestre, il est important de faire un inventaire de vos besoins, de rechercher des fournisseurs fiables, de faire preuve de créativité et d'établir des liens avec d'autres personnes.

Comment planifier une évacuation d'urgence ?

Lorsqu'une invasion extraterrestre est imminente, il est important de planifier une évacuation d'urgence pour assurer la sécurité de vous et de votre famille. Voici quelques étapes clés pour planifier une évacuation :

Établissez un plan d'évacuation :

Lors de la planification d'une évacuation d'urgence, il est important de prendre en compte plusieurs facteurs pour établir un plan d'action efficace. Tout d'abord, vous devez déterminer les itinéraires d'évacuation possibles et les options de transport disponibles. Par exemple, si vous disposez d'une voiture, vous pouvez prévoir un itinéraire alternatif pour éviter les routes principales congestionnées. Si vous n'avez pas de voiture, vous devez envisager d'autres moyens de transport tels que les transports en commun, les taxis, les vélos ou la marche à pied.

Il est également important de savoir où vous allez aller en cas d'évacuation. Vous pouvez identifier les endroits les plus sûrs et les plus accessibles pour vous et votre famille, tels que les centres d'évacuation, les hôtels, les abris d'urgence, ou les maisons de famille ou d'amis situées en dehors de la zone à risque.

En outre, vous devez prévoir les besoins de base tels que l'eau, la nourriture, les médicaments et les vêtements pour votre évacuation. Assurez-vous d'emporter des fournitures suffisantes pour plusieurs jours, au cas où vous ne pourriez pas rentrer chez vous tout de suite.

Il est important de discuter avec votre famille et vos amis de votre plan d'évacuation et de s'assurer que tout le monde sait quoi faire en cas d'urgence. Vous pouvez également prévoir des exercices d'évacuation pour vous préparer à une évacuation réelle et vous assurer que tout le monde connaît les itinéraires, les points de rencontre et les procédures d'urgence.

Par conséquent, un plan d'évacuation bien pensé peut vous aider à réduire le stress et l'incertitude en cas d'urgence et vous permettre de réagir rapidement et en toute sécurité.

Préparez un kit d'urgence :

Pour préparer un kit d'urgence, il est important de considérer les besoins de chaque membre de la famille, y compris les enfants, les personnes âgées et les personnes ayant des besoins médicaux spécifiques. Les fournitures de base comprennent :

- L'eau : il est recommandé de stocker au moins trois litres d'eau par personne et par jour pendant au moins trois jours. Vous pouvez également ajouter des comprimés de purification d'eau pour une utilisation à long terme.

- La nourriture : choisissez des aliments non périssables tels que des barres énergétiques, des conserves, des noix et des fruits secs. Assurez-vous d'avoir un ouvre-boîte manuel à portée de main.
- Les vêtements : choisissez des vêtements chauds et imperméables adaptés à la saison. Ajoutez des couvertures de survie pour plus de chaleur.
- Les médicaments : prévoyez suffisamment de médicaments pour au moins une semaine. Incluez également des articles tels que des pansements, des désinfectants et des analgésiques.
- Les trousses de premiers soins : ajoutez une trousse de premiers soins de base contenant des compresses, des bandages, des ciseaux et des gants.
- Les radios : assurez-vous d'avoir une radio portable avec des piles de rechange pour recevoir des informations importantes en cas d'urgence.
- Les lampes de poche : ajoutez des lampes de poche avec des piles de rechange pour voir dans l'obscurité.
- Les cartes : incluez des cartes de la région, ainsi qu'une boussole, pour naviguer dans des zones inconnues.

Une fois votre kit d'urgence assemblé, gardez-le dans un endroit facilement accessible et informez tous les membres de la famille de son emplacement. Vérifiez régulièrement les dates de péremption et remplacez les articles périmés ou manquants.

Restez informé :

Pour rester informé lors d'une situation d'évacuation d'urgence, il est important de suivre les actualités locales, les médias sociaux et les alertes d'urgence. Vous pouvez télécharger des applications d'alerte météo et d'urgence sur votre téléphone portable ou votre tablette pour recevoir des notifications en temps réel. Certaines applications vous permettent également de suivre les conditions de circulation et les itinéraires alternatifs.

En plus de cela, vous pouvez suivre les comptes de médias sociaux des services d'urgence locaux tels que la police, les pompiers et les services de santé pour rester au courant des dernières informations concernant l'évacuation et les conditions de sécurité. Il est également recommandé d'écouter la radio locale pour recevoir les mises à jour en temps réel et les instructions de sécurité.

Il est important de garder à l'esprit que les conditions peuvent changer rapidement, donc restez vigilant et prêt à ajuster votre plan en conséquence. En cas de doute, n'hésitez pas à contacter les autorités locales pour obtenir des informations et des conseils supplémentaires.

Établissez un point de ralliement :

Pour établir un point de ralliement, vous devez sélectionner un endroit facile à trouver et facile à identifier, comme une station-service ou un parc. Assurez-vous que tous les membres de votre groupe connaissent bien l'emplacement du point de ralliement et les itinéraires pour s'y rendre. Il est également recommandé de fixer une heure limite pour que tout le monde s'y rende, afin d'éviter de perdre du temps précieux à attendre des personnes en retard.

Si vous avez des membres de votre groupe qui ont des besoins spéciaux, tels que des enfants en bas âge, des personnes âgées ou des personnes à mobilité réduite, assurez-vous d'en tenir compte lors de la sélection du point de ralliement. Il doit être facilement accessible pour tous les membres de votre groupe.

Enfin, si vous ne pouvez pas vous rendre au point de ralliement en raison de circonstances imprévues, il est important de communiquer avec les autres membres de votre groupe dès que possible pour les informer de votre situation et convenir d'un nouvel emplacement de rencontre.

Ayez un plan B :

Il est important d'avoir un plan B en cas d'imprévus lors de l'évacuation d'urgence. Par exemple, si vous prévoyez de partir en voiture, mais que la route est bloquée, vous devrez peut-être envisager de prendre un itinéraire alternatif ou d'utiliser un autre mode de transport tel que le vélo ou la marche. Vous pouvez également envisager de vous rendre à un autre point d'évacuation si votre destination initiale n'est plus accessible.

Il est également important de prévoir des fournitures supplémentaires dans votre kit d'urgence, comme de l'argent liquide, des cartes, des batteries de rechange, des chargeurs portables, des outils de coupe et des sacs de couchage. Ces éléments peuvent être utiles en cas de besoin pendant l'évacuation.

Il est également judicieux de discuter de votre plan B avec votre famille et vos proches avant l'évacuation, afin que tout le monde sache quoi faire en cas d'imprévu. Vous pouvez également vérifier auprès des autorités locales si des plans d'urgence sont en place pour les situations d'évacuation et obtenir des informations sur les itinéraires alternatifs recommandés.

Évacuez rapidement et calmement :

Lorsqu'il est temps de partir, il est important de garder son calme et de suivre les instructions de l'autorité locale. Si vous êtes dans un lieu public ou au travail, écoutez les consignes de votre employeur ou des responsables du lieu pour vous assurer que vous quittez le bâtiment en toute sécurité.

Assurez-vous que votre kit d'urgence est facilement accessible et facile à transporter, car vous devrez peut-être marcher ou utiliser des transports en commun pour évacuer la zone. N'oubliez pas que les routes peuvent être encombrées, donc vous devrez peut-être utiliser des itinéraires alternatifs ou des modes de transport alternatifs comme le vélo ou la marche à pied.

Si vous voyagez avec des enfants ou des personnes âgées, il est important de les accompagner et de les aider tout au long du processus d'évacuation. Gardez-les calmes et rassurés en leur expliquant ce qui se passe et en leur donnant des tâches simples à accomplir pour les aider à se sentir en contrôle.

Enfin, une fois que vous avez évacué la zone, ne retournez pas avant d'avoir reçu l'autorisation des autorités locales. Il est important de suivre les instructions et les recommandations des autorités afin de garantir votre sécurité et celle de votre famille.

Restez en sécurité :

Lorsque vous êtes en sécurité après une évacuation d'urgence, il est important de rester vigilant et de suivre les consignes des autorités locales pour savoir quand il sera possible de rentrer chez vous en toute sécurité. Il est possible que la situation évolue rapidement et que les plans doivent être ajustés en conséquence. Restez informé des dernières nouvelles en écoutant la radio, en regardant la télévision ou en consultant les réseaux sociaux officiels des autorités locales.
 Dans le cas où vous seriez logé dans un abri temporaire, il est important de respecter les règles de sécurité et les horaires de couvre-feu. Évitez de sortir la nuit, restez à l'intérieur de la zone de sécurité et ne touchez pas aux fils électriques tombés à terre.

Si vous avez des enfants ou des personnes âgées dans votre groupe, veillez à leur donner une attention particulière et à leur fournir tout ce dont ils ont besoin pour rester en sécurité et confortable. Vous pouvez également envisager d'aider les autres dans la mesure du possible, en offrant votre aide ou vos fournitures de survie à ceux qui en ont besoin.

En fin de compte, la clé pour rester en sécurité après une évacuation d'urgence est de suivre les consignes des autorités locales, de rester informé et de se préparer à toute éventualité. En étant proactif et en prenant des mesures pour se préparer à l'avance, vous pouvez réduire les risques et augmenter vos chances de rester en sécurité.

En résumé, une évacuation d'urgence doit être planifiée avec soin en identifiant les risques potentiels et en établissant un plan détaillé pour assurer la sécurité de tous les membres de votre famille ou de votre groupe. Il est important de se tenir informé de la situation en cours, de préparer un kit d'urgence et de rester calme et concentré pendant l'évacuation.

PREMIERS PAS LORS DE L'INVASION

Comment réagir en cas de détection précoce ?

En cas de détection précoce d'une invasion extraterrestre, il est important de réagir rapidement et de manière appropriée pour maximiser vos chances de survie. Tout d'abord, vous devriez vous assurer que l'information est fiable en vérifiant auprès de sources officielles comme les autorités gouvernementales ou les médias.

Si l'invasion est confirmée, vous devez immédiatement commencer à prendre des mesures pour vous protéger et protéger votre famille. Voici quelques exemples concrets de mesures à prendre :

- Mettez en place un plan d'évacuation : comme mentionné précédemment, avoir un plan d'évacuation en place est essentiel. Réfléchissez à l'endroit où vous pourriez aller pour vous mettre en sécurité et identifiez les routes les plus sûres pour vous y rendre.

- Collectez des fournitures de survie : rassemblez des fournitures de survie telles que de l'eau, de la nourriture non périssable, des médicaments, des trousses de premiers soins, des radios, des lampes de poche, des couvertures de survie et des masques respiratoires.

Assurez-vous que ces fournitures sont facilement accessibles et prêtes à être emportées en cas d'urgence.

- Sécurisez votre maison ou votre lieu de travail : renforcez les portes et les fenêtres avec des barres de métal, des planches de bois ou des panneaux de contreplaqué. Évitez de rester près des fenêtres et des portes, car celles-ci peuvent être facilement brisées. Coupez l'électricité et le gaz si vous le pouvez afin de réduire les risques d'incendie.

- Écoutez les consignes des autorités locales : suivez les instructions des autorités locales et restez informé de la situation en écoutant les actualités à la radio ou à la télévision. Évitez de propager des rumeurs ou de fausses informations qui pourraient causer la panique ou nuire à la sécurité publique.

Si l'invasion extraterrestre est confirmée, il est crucial de prendre des mesures immédiates pour assurer votre sécurité et celle de vos proches. Mettez en place un plan d'évacuation, collectez des fournitures de survie, sécurisez votre maison ou votre lieu de travail et suivez les consignes des autorités locales.

Dans le cas d'une invasion, les autorités locales peuvent donner des consignes spécifiques pour garantir la sécurité de la population. Ces consignes peuvent inclure des mesures de confinement ou des ordres d'évacuation. Il est crucial de les suivre à la lettre pour éviter toute mise en danger inutile.

Si vous êtes invité à évacuer, il est important de le faire le plus rapidement possible pour vous mettre en sécurité. Avant de partir, assurez-vous d'avoir rassemblé toutes les fournitures de survie essentielles, telles que de l'eau, de la nourriture, des vêtements chauds, des médicaments et des trousses de premiers soins. Si vous avez un kit d'urgence, n'oubliez pas de l'emporter avec vous.

En cas de détection précoce, il est également judicieux de prendre des mesures pour protéger votre maison ou votre lieu de travail. Lorsque vous partez, il est également important de laisser votre domicile ou votre lieu de travail dans un état sûr. Éteignez tous les appareils électriques et le gaz, fermez les portes et les fenêtres, et assurez-vous que tout ce qui pourrait être utilisé pour causer des dommages ou des incendies est stocké en toute sécurité. Il est également conseillé de verrouiller votre domicile ou lieu de travail pour éviter tout accès non autorisé.

Dans certains cas, les autorités locales peuvent recommander aux habitants de rester confinés chez eux. Si c'est le cas, il est important de suivre scrupuleusement les consignes données. Il est conseillé de fermer toutes les portes et les fenêtres, d'éteindre les appareils électriques et de couper le gaz pour éviter tout risque d'incendie ou d'explosion. Il peut également être utile de se préparer à passer plusieurs jours chez soi en rassemblant suffisamment de provisions et d'eau pour plusieurs jours.

Suivre les consignes des autorités locales est essentiel pour assurer votre sécurité et celle de votre famille lors d'une invasion. Il est important de rassembler des fournitures de survie, de sécuriser votre domicile ou lieu de travail, et de suivre les instructions données pour l'évacuation ou le confinement. En prenant ces mesures, vous pouvez vous préparer à faire face à une invasion avec confiance et détermination.

En résumé, en cas de détection précoce d'une invasion extraterrestre, il est crucial de réagir rapidement, de vérifier l'information auprès de sources fiables, de suivre les consignes des autorités locales, de mettre en place un plan d'évacuation et de protéger votre domicile ou votre lieu de travail.

Comment évaluer la situation et prendre des décisions rapides ?

Lors d'une invasion, il est essentiel de savoir comment évaluer la situation et prendre des décisions rapides pour assurer votre sécurité et celle de votre famille. Voici quelques exemples pour y parvenir :

Évaluez les informations disponibles :

En évaluant les informations disponibles, il est important de chercher des sources fiables telles que les sites Web des gouvernements locaux, les médias locaux et nationaux, ainsi que les réseaux sociaux vérifiés. Il est également important de prendre en compte le contexte dans lequel ces informations sont présentées, car les opinions et les perspectives peuvent varier en fonction de l'origine de l'information.

Par exemple, si les médias locaux rapportent une activité extraterrestre dans votre région, cela peut indiquer que vous devez prendre des mesures de préparation supplémentaires ou évaluer votre plan d'évacuation. Cependant, si les informations proviennent d'une source non fiable ou d'une théorie du complot, il est important de ne pas paniquer et de vérifier la validité de ces informations.

Une autre manière d'évaluer la situation est d'écouter les consignes des autorités locales. Les autorités peuvent donner des instructions claires sur ce qu'il faut faire en cas d'invasion extraterrestre, telles que des instructions d'évacuation, des consignes de confinement, ou des mesures de sécurité spécifiques. Il est important de suivre ces instructions, car elles sont basées sur des informations précises et actualisées.

Évaluez les risques :

Pour évaluer les risques, il est important de prendre en compte plusieurs facteurs tels que la localisation de l'invasion, la nature de la menace, l'ampleur des dégâts causés, la vitesse de propagation et la capacité de défense de votre région. Par exemple, si l'invasion extraterrestre a commencé dans une région éloignée de votre domicile et que les autorités locales ont déjà mis en place des mesures de confinement efficaces, il peut être plus sûr de rester chez vous plutôt que de partir. En revanche, si l'invasion est proche de votre domicile et que les autorités locales ne semblent pas en mesure de contrôler la situation, il peut être plus sûr d'évacuer immédiatement.

Il est également important d'évaluer les risques en fonction de votre propre situation. Par exemple, si vous avez des membres de la famille vulnérables ou des animaux domestiques qui nécessitent une attention particulière, il peut être plus sûr de partir plutôt que de rester chez vous. De même, si vous vivez dans un immeuble à plusieurs étages, il peut être plus difficile de se protéger des attaques extraterrestres que si vous vivez dans une maison individuelle avec un sous-sol ou un abri.

En évaluant les risques, il est important de prendre en compte toutes les informations disponibles et de peser les avantages et les inconvénients de chaque option avant de prendre une décision rapide et efficace pour protéger votre famille et vous-même.

Prenez des décisions rapides :

Lorsque vous prenez des décisions rapides, assurez-vous d'avoir une idée claire de ce que vous devez faire. Par exemple, si vous devez évacuer, assurez-vous de savoir où vous allez et comment vous y rendre. Préparez une trousse de survie avec des fournitures telles que de l'eau, de la nourriture non périssable, des vêtements chauds et des médicaments. Si vous devez vous barricader chez vous, préparez une pièce sûre avec des provisions et des outils de défense.

Il est également important de communiquer clairement avec les membres de votre famille ou les personnes avec qui vous êtes. Discutez de vos décisions et des mesures que vous devez prendre pour assurer votre sécurité. Assurez-vous que tout le monde comprend les risques et les plans d'action en cas de besoin.

Enfin, n'oubliez pas que les décisions rapides ne signifient pas que vous devez paniquer. Gardez votre calme et restez concentré sur les actions à prendre pour assurer votre sécurité. Si vous devez évacuer, partez rapidement mais calmement. Si vous devez vous barricader chez vous, assurez-vous que toutes les portes et les fenêtres sont sécurisées avant de vous retirer dans une pièce sûre.

Ayez un plan B :

Il est important d'avoir un plan B en cas de situation imprévue lors d'une invasion extraterrestre. Par exemple, si votre plan initial est de vous barricader chez vous, mais que l'ennemi arrive par surprise et commence à envahir votre quartier, il peut être judicieux de prévoir une évacuation rapide et de partir vers une zone plus sûre.

De même, si vous êtes pris au dépourvu et que vous n'avez pas eu le temps de collecter toutes les fournitures de survie dont vous avez besoin, il est important d'avoir des alternatives en tête. Peut-être pouvez-vous trouver une source d'eau potable dans votre voisinage, ou peut-être pouvez-vous vous procurer des médicaments de première nécessité dans une pharmacie voisine.

Enfin, il est important de discuter de votre plan B avec votre famille et de vous assurer que tout le monde est prêt à réagir rapidement en cas de besoin. Avoir des discussions régulières sur les plans et les alternatives possibles peut aider à réduire le stress et l'anxiété en cas de situation difficile.

Évitez les risques inutiles :

Pour éviter les risques inutiles lors d'une invasion extraterrestre, il est important de ne pas se concentrer sur la récupération de biens matériels. Même si vous voulez sauver des choses importantes pour vous, telles que des souvenirs ou des documents importants, ne prenez pas de risques inutiles qui pourraient mettre votre vie en danger. Au lieu de cela, concentrez-vous sur l'évacuation rapide et sûre de votre famille.

En effet, il est crucial de ne pas mettre sa vie en danger pour des actions qui ne sont pas essentielles à votre survie.
Pour éviter les risques inutiles, il est important de se concentrer sur les actions qui ont le plus de valeur pour votre survie. Par exemple, si vous êtes en train de fuir les extraterrestres et que vous voyez un objet de valeur, il est important de ne pas se laisser distraire et de continuer à se concentrer sur la fuite. Le risque de s'arrêter pour récupérer cet objet est trop élevé par rapport à la valeur qu'il pourrait apporter à votre survie.

De même, il est important de ne pas se précipiter pour aider d'autres personnes pendant une attaque extraterrestre, sauf si cela est essentiel à votre survie. Par exemple, si vous êtes avec un groupe de personnes et que l'un d'entre eux est blessé, vous devriez évaluer rapidement la situation et décider si vous pouvez les aider sans mettre en danger votre propre vie et celle des autres membres du groupe. Si vous décidez d'aider, assurez-vous que cela ne vous empêche pas de vous échapper en toute sécurité.

Enfin, il est important de ne pas prendre de risques inutiles pour sauver des biens matériels. Votre vie et celle de vos proches doivent être votre priorité absolue pendant une attaque extraterrestre. Si vous avez le temps de récupérer des objets de valeur, assurez-vous que cela ne mette pas votre vie en danger.

En suivant ces conseils, vous pourrez éviter les risques inutiles et augmenter vos chances de survie pendant une attaque extraterrestre.

Comment se protéger des premières attaques ?

Lorsqu'une invasion extraterrestre se produit, il est possible que les premières attaques soient dirigées contre les infrastructures critiques telles que les centrales électriques, les systèmes de communication, les hôpitaux, etc. Il est donc important de se protéger contre ces premières attaques pour augmenter les chances de survie. Voici quelques exemples concrets pour se protéger des premières attaques :

Évitez les lieux à risques :

Pour se protéger des premières attaques lors d'une invasion extraterrestre, il est important de prendre des précautions supplémentaires pour réduire les risques de se trouver dans une zone de danger. Voici quelques exemples de mesures à prendre :

- Évitez les zones à risques : Si vous vivez dans une ville qui a déjà été ciblée ou qui est considérée comme une cible potentielle pour une invasion extraterrestre, il est important d'éviter les zones à risques. Ces zones peuvent inclure les sites stratégiques tels que les bases militaires, les sites de recherche, les centres de commandement, etc. Évitez également les zones de forte densité de population, telles que les centres-villes et les quartiers résidentiels.

- Évitez les transports en commun : Les transports en commun, tels que les bus, les trains et les avions, peuvent être des cibles faciles pour les envahisseurs extraterrestres. Évitez de prendre les transports en commun si possible, surtout si vous vous rendez dans une zone à risque.

- Évitez les zones élevées : Les zones élevées telles que les collines, les montagnes ou les toits peuvent offrir une vue imprenable sur les environs, mais elles peuvent également être dangereuses en cas d'attaque. Évitez les zones élevées et restez dans des zones à faible altitude.

Mettez-vous à l'abri :

Il est important de rappeler qu'en cas d'attaque, il est primordial de se mettre à l'abri le plus rapidement possible. Si vous n'êtes pas en mesure de quitter les lieux, cherchez un endroit sûr pour vous protéger des dangers extérieurs. Il peut s'agir d'un abri antiatomique, d'une cave, d'un sous-sol, d'une pièce sans fenêtre ou encore d'une zone de sécurité désignée.

Assurez-vous que cet endroit est bien isolé de l'extérieur et dispose d'une porte solide qui peut être fermée à clé.

Si vous êtes dans une zone urbaine, essayez de trouver un bâtiment solide où vous pourrez vous mettre à l'abri. Évitez les fenêtres, les portes vitrées et tout autre élément qui pourrait être facilement brisé. En cas d'attaque aérienne, vous pouvez vous protéger en vous couchant à plat ventre dans une tranchée ou une fosse. Évitez les abris souterrains qui peuvent être situés sous les zones de frappe potentielles, comme les ponts et les bâtiments de grande hauteur.

Il est également important de prévoir des réserves d'eau, de nourriture et de médicaments dans votre abri. Assurez-vous d'avoir suffisamment de provisions pour plusieurs jours, voire plusieurs semaines. Vous devrez peut-être rester caché pendant un certain temps avant de pouvoir sortir en toute sécurité.

Enfin, restez à l'écoute des informations et des instructions des autorités locales. Si une évacuation est recommandée, suivez les instructions données par les autorités. Il est important de suivre les procédures recommandées pour assurer votre sécurité et celle des autres.

Protégez-vous des radiations :

En cas d'attaque impliquant des radiations, il est important de prendre des mesures pour se protéger des effets nocifs de la radiation. Les radiations peuvent endommager les cellules de votre corps, ce qui peut entraîner des problèmes de santé tels que des brûlures, des nausées, des vomissements, des maux de tête, des problèmes de peau et même un risque accru de cancer.

Pour vous protéger des radiations, il est recommandé d'utiliser des matériaux de protection tels que des combinaisons de protection, des masques à gaz ou des filtres à air. Ces équipements sont conçus pour protéger votre corps contre les rayonnements et les substances toxiques.

Si vous n'avez pas accès à ces équipements de protection, vous pouvez utiliser des matériaux de fortune pour vous protéger. Par exemple, vous pouvez utiliser des sacs en plastique pour couvrir votre tête et vos mains, des vêtements épais pour protéger votre peau et des lunettes de protection pour protéger vos yeux.

Il est également important de trouver un endroit sûr et de s'y mettre à l'abri le plus rapidement possible. Les matériaux de construction tels que le béton et le plomb peuvent aider à bloquer les radiations, donc si possible, trouvez un abri ou une pièce avec ces matériaux. Les sous-sols ou les caves peuvent également être utiles pour se protéger contre les radiations, car ils sont généralement situés sous terre et sont donc plus protégés des rayonnements.

Enfin, si vous êtes exposé à des radiations, il est important de suivre les instructions des autorités compétentes. Ils peuvent vous donner des conseils sur la façon de minimiser votre exposition aux radiations et de protéger votre santé.

Évitez les rassemblements :

En cas d'attaque, il est important de limiter autant que possible les rassemblements, car ils peuvent attirer les attaquants et augmenter le risque d'être touché. Évitez les événements publics tels que les concerts, les festivals, les foires, les manifestations ou les rassemblements politiques. Évitez également de vous regrouper dans des lieux publics tels que les restaurants, les bars ou les centres commerciaux, qui peuvent devenir des cibles potentielles pour les attaquants.

Si vous devez absolument vous rendre dans un lieu public, faites preuve de prudence et de vigilance. Essayez de repérer les sorties de secours et les zones de sécurité en cas d'urgence. Gardez à l'esprit que les attaquants peuvent être armés et imprévisibles, alors restez calme et alerte.

Il est également important de faire attention aux réseaux sociaux et aux informations qui y circulent. Les attaquants peuvent utiliser les réseaux sociaux pour diffuser de fausses informations et attirer les gens dans des pièges. Évitez de partager des informations sensibles ou des rumeurs sur les réseaux sociaux, et assurez-vous de vérifier les sources avant de croire quoi que ce soit. En cas de doute, contactez les autorités compétentes pour obtenir des informations fiables.

De plus, il est important de savoir où se trouvent les abris d'urgence les plus proches de chez vous. Ces abris peuvent être utilisés en cas d'urgence pour vous protéger ou vous fournir de l'aide. Il est également conseillé de savoir comment contacter les services d'urgence locaux et nationaux, tels que les pompiers, la police et les secours d'urgence, en cas de besoin.

En conclusion, pour se protéger des premières attaques lors d'une invasion extraterrestre, il est important d'éviter les lieux à risques, de se mettre à l'abri, de se protéger contre les radiations, d'éviter les rassemblements et de préparer des kits d'urgence.

SE DÉPLACER EN TOUTE SÉCURITÉ

Comment éviter les zones à risques et les patrouilles ennemies ?

Pour éviter les zones à risques et les patrouilles ennemies lorsqu'on se déplace, il est important de prendre certaines précautions. Voici quelques exemples concrets :

Renseignez-vous sur les zones à risques :

Les villes sont des cibles évidentes pour les extraterrestres, en raison de la densité de population et de l'importance économique. Évitez les zones urbaines et préférez les zones moins densément peuplées.

Lors d'une attaque extraterrestre, certaines zones peuvent être plus exposées que d'autres. Il est important de connaître les endroits les plus à risque dans votre région afin de les éviter autant que possible. Les zones industrielles, les centres de transport et les zones militaires sont des exemples de zones à haut risque, car elles attirent souvent l'attention des extraterrestres en raison de leur importance stratégique.

Les zones industrielles peuvent être considérées comme des cibles car elles contiennent souvent des matières premières importantes pour la production d'armes et d'équipements militaires. De plus, ces zones sont souvent situées dans des zones urbaines densément peuplées, ce qui peut augmenter les chances de dommages collatéraux en cas d'attaque.

Les centres de transport sont également à haut risque car ils sont souvent situés dans des zones urbaines densément peuplées. Les extraterrestres peuvent considérer ces zones comme des cibles importantes car elles sont souvent des points de passage clés pour les fournitures et les personnes.

Les aéroports, les gares et les ports peuvent être particulièrement vulnérables lors d'une attaque.

Les zones militaires sont également à risque car elles sont souvent situées près des zones industrielles et des centres de transport. De plus, ces zones sont souvent équipées d'armes et de technologie avancées, ce qui peut susciter l'intérêt des extraterrestres. Les bases militaires, les centres de commandement et les sites de stockage d'armes sont des exemples de zones militaires à haut risque.

Il est important de noter que ces zones ne sont pas nécessairement les seules cibles potentielles pour les extraterrestres. Il est possible que les extraterrestres attaquent d'autres zones pour diverses raisons. Il est donc essentiel de rester vigilant et de suivre les informations locales pour éviter les zones à risque.

Si vous devez vous déplacer, il est conseillé d'éviter les routes principales et les autoroutes, car ce sont des lieux où les patrouilles ennemies pourraient être plus fréquentes. Il est préférable d'utiliser des routes secondaires ou des itinéraires alternatifs pour éviter les patrouilles ennemies.

Enfin, si vous êtes pris au piège dans une zone à risque, essayez de trouver un abri sûr. Les sous-sols, les bâtiments en béton, les caves et les abris anti-bombes sont des exemples d'endroits sûrs qui peuvent vous protéger des attaques extraterrestres.

Soyez discret :

Si vous êtes obligé de vous déplacer dans une zone urbaine, soyez discret. Évitez les mouvements brusques ou excessifs, restez à couvert autant que possible, et évitez de faire du bruit. Pour éviter d'attirer l'attention des extraterrestres et de leurs patrouilles, il est important d'être aussi discret que possible lorsque vous vous déplacez dans une zone urbaine. Évitez les mouvements brusques ou excessifs qui pourraient attirer l'attention et révéler votre position. Si vous devez traverser une rue ou un carrefour, assurez-vous de le faire rapidement et avec précaution.

Restez à couvert autant que possible en utilisant des bâtiments, des arbres, des voitures, ou tout autre élément qui peut vous cacher. Évitez les zones ouvertes qui pourraient vous rendre plus visible et vulnérable à une attaque.

Enfin, évitez de faire du bruit autant que possible. Les bruits forts peuvent attirer l'attention des patrouilles ennemies et les faire converger vers votre position. Si vous êtes en groupe, il est important d'utiliser des signaux discrets pour communiquer sans attirer l'attention des extraterrestres. Les gestes de la main, les sifflements ou des signaux lumineux peuvent être utilisés pour communiquer de manière silencieuse.

En résumé, il est important d'être discret lors de vos déplacements dans une zone urbaine en évitant les mouvements brusques, en restant à couvert autant que possible, et en évitant de faire du bruit. Ces mesures simples peuvent vous aider à éviter les patrouilles ennemies et augmenter vos chances de survie en cas d'invasion extraterrestre.

Évitez les patrouilles ennemies :

Évitez les patrouilles ennemies : Les extraterrestres envoient souvent des patrouilles pour surveiller et sécuriser les zones qu'ils ont conquises. Évitez ces patrouilles en restant à l'écart de leurs routes de patrouille, en évitant les endroits où ils sont stationnés, et en restant à l'écoute de leurs mouvements.

Lorsqu'une zone a été conquise par les extraterrestres, ceux-ci ont tendance à y envoyer des patrouilles pour surveiller et sécuriser les lieux. Ces patrouilles sont équipées de capteurs, de caméras, et de détecteurs de mouvements, ce qui les rend très efficaces pour détecter la présence de tout individu dans la zone.

Il est donc important d'éviter ces patrouilles si vous voulez augmenter vos chances de survie. Pour ce faire, il est conseillé de rester à l'écart des routes de patrouille connues et de les éviter autant que possible. Il est également important de surveiller leur comportement et de rester à l'écoute de leurs mouvements pour savoir où ils se trouvent et dans quelle direction ils se dirigent.

De plus, il est important de noter que les patrouilles ennemies sont souvent stationnées dans des zones stratégiques, telles que des bâtiments gouvernementaux, des bases militaires ou des centres de communication. Par conséquent, il est important d'éviter ces endroits autant que possible.

Enfin, si vous êtes confronté à une patrouille ennemie, il est important de rester calme et de ne pas paniquer. Évitez de faire des mouvements brusques ou de courir, car cela pourrait attirer leur attention. Essayez plutôt de vous fondre dans votre environnement en restant immobile ou en vous cachant derrière un objet ou dans un bâtiment. Si vous devez vous déplacer, faites-le lentement et avec précaution, en évitant de faire du bruit.

En suivant ces conseils, vous pouvez minimiser les risques et vous déplacer en toute sécurité.

Comment se déplacer de manière discrète et efficace ?

Dans le cas d'une attaque extraterrestre, se déplacer de manière discrète et efficace peut être crucial pour votre survie. Voici quelques conseils pour y parvenir :

Évitez les véhicules :

En cas d'attaque extraterrestre, il est important d'éviter les véhicules car ils peuvent attirer l'attention des extraterrestres et être facilement détruits. Cependant, il existe d'autres moyens de transport que vous pouvez utiliser pour vous déplacer de manière discrète et efficace.

La marche peut être une bonne option pour les courtes distances, car elle permet de se déplacer silencieusement et de manière discrète. Si vous devez parcourir une plus grande distance, envisagez d'utiliser un vélo, qui est plus rapide que la marche et ne nécessite pas de carburant. Cela peut être particulièrement utile si vous devez transporter des fournitures ou des provisions avec vous.

Si vous devez utiliser un véhicule, essayez de trouver un moyen de transport discret, comme un véhicule tout-terrain ou une moto. Les véhicules tout-terrain peuvent être utilisés pour se déplacer sur des terrains difficiles et sont souvent utilisés par les forces militaires pour se déplacer dans des zones de conflit. Les motos sont rapides, agiles et peuvent facilement naviguer dans les rues étroites et les ruelles, ce qui les rend utiles pour se déplacer en ville.

Il est également important de planifier votre itinéraire de manière à éviter les zones à haut risque et les endroits où les extraterrestres sont susceptibles de se concentrer. Essayez d'utiliser des routes secondaires ou des sentiers de randonnée pour éviter les zones à risque. Si vous devez traverser une zone à risque, essayez de le faire rapidement et discrètement, en restant à l'écart des routes principales et des zones densément peuplées.

Enfin, n'oubliez pas que la meilleure façon de se déplacer de manière discrète est de rester invisible autant que possible. Évitez les tenues voyantes, les couleurs vives et les mouvements bruyants. Portez des vêtements de couleur neutre qui se fondent dans l'environnement et évitez de faire du bruit en marchant ou en utilisant un véhicule.

Restez caché :

Les extraterrestres ont des technologies avancées qui leur permettent de détecter les êtres vivants à distance. Pour éviter d'être repéré, restez caché autant que possible.

En plus des endroits couverts mentionnés précédemment, il est également possible de se cacher derrière des objets tels que des murs, des arbres ou des rochers. Assurez-vous que votre cachette est bien dissimulée et ne laisse pas de traces évidentes. Si vous devez vous déplacer dans une zone ouverte, assurez-vous de rester bas et de vous déplacer lentement pour éviter d'être détecté. Essayez également de vous déplacer en groupe pour augmenter vos chances de survie et de défense.

Il est important de noter que même si vous êtes caché, les extraterrestres peuvent encore vous repérer grâce à leur technologie avancée, comme les drones, les caméras thermiques, rayons lasers avec détecteurs d'humains,... Essayez donc de ne pas rester dans un même endroit trop longtemps et de changer de cachette régulièrement. Vous pouvez également essayer de perturber leur technologie en utilisant des brouilleurs de signal ou des dispositifs de camouflage thermique. Ces équipements peuvent aider à masquer votre présence et à tromper les capteurs extraterrestres.

Utilisez des techniques de camouflage :

Si vous devez vous déplacer en terrain découvert, utilisez des techniques de camouflage pour vous fondre dans le paysage.
Pour utiliser des techniques de camouflage efficaces, il est important de prendre en compte les caractéristiques de l'environnement dans lequel vous vous trouvez. Par exemple, si vous êtes dans une zone forestière, choisissez des vêtements de couleur marron, vert foncé ou noir pour se fondre dans l'environnement naturel. Si vous êtes dans un environnement urbain, optez pour des vêtements de couleur grise ou noire qui se confondent avec le béton et le métal.
Il est également important de considérer les textures de vos vêtements. Évitez les vêtements brillants et les matériaux lisses, car ils peuvent facilement refléter la lumière et vous rendre visible. Les vêtements texturés et mats, tels que le coton, le lin et la laine, sont préférables pour se fondre dans l'environnement.

En plus des vêtements, vous pouvez utiliser du maquillage de camouflage pour cacher votre visage et vos mains. Le maquillage de camouflage est spécialement conçu pour se fondre dans l'environnement naturel et urbain. Vous pouvez utiliser des couleurs différentes pour imiter les nuances de la peau et ainsi vous rendre invisible aux yeux des extraterrestres.

En résumé, pour utiliser des techniques de camouflage efficaces, vous devez prendre en compte les caractéristiques de l'environnement, utiliser des vêtements et du maquillage adaptés pour vous fondre dans le paysage.

Soyez silencieux :

Les extraterrestres ont également une ouïe très fine, il est donc important de se déplacer en silence autant que possible. Évitez de faire du bruit en marchant et en parlant. Si vous êtes en groupe, communiquez par des signes discrets plutôt que par la parole.

Pour être le plus silencieux possible, il est recommandé de porter des chaussures adaptées à la marche, qui ne font pas de bruit en touchant le sol. Les chaussures de randonnée sont une bonne option, avec des semelles épaisses et des lacets bien serrés pour éviter les frottements. Il est également conseillé de ne pas porter de sac à dos encombrant qui peut faire du bruit en se balançant. Si vous devez porter un sac à dos, attachez-le fermement pour éviter tout mouvement bruyant.

De plus, il est important de ne pas faire de gestes brusques ou de mouvements inutiles qui pourraient attirer l'attention des extraterrestres. Lorsque vous vous déplacez, prenez le temps d'observer les environs et d'anticiper les mouvements possibles des extraterrestres. Essayez de vous déplacer lentement et avec précaution pour éviter de faire du bruit ou d'attirer l'attention.

Si vous devez parler, chuchotez plutôt que de parler fort. Évitez de crier ou de chanter, même si cela peut sembler réconfortant. Si vous êtes en groupe, utilisez des signes discrets pour communiquer plutôt que de parler. Apprenez quelques signes de base pour communiquer avec vos coéquipiers, comme le signe de la main pour signaler de s'arrêter ou le signe du pouce levé pour indiquer que tout va bien.

Soyez flexible :

Les extraterrestres peuvent être imprévisibles, il est donc important d'être flexible et de changer de direction rapidement si nécessaire.

Pour être flexible lors de votre déplacement en cas d'attaque extraterrestre, il est important de garder plusieurs options en tête et de connaître les itinéraires alternatifs possibles. Par exemple, si vous êtes en ville et que vous devez vous déplacer rapidement, évitez les grandes artères où la circulation risque d'être dense et les extraterrestres pourraient se concentrer. Optez plutôt pour les rues plus petites et les allées qui peuvent vous aider à contourner les obstacles ou à trouver des passages cachés.

Si vous êtes dans un environnement naturel, soyez à l'affût des changements dans le terrain, comme des collines ou des ravins, qui pourraient vous permettre de vous déplacer plus rapidement ou de vous cacher rapidement. Si vous connaissez bien la région, vous pouvez également planifier plusieurs itinéraires possibles pour éviter les zones à haut risque ou les endroits où les extraterrestres pourraient être plus actifs.

Il est également important de savoir quand abandonner un itinéraire et d'être prêt à changer de direction à tout moment. Si vous voyez des signes d'activité extraterrestre ou si vous rencontrez un obstacle imprévu, il peut être préférable de changer de direction plutôt que de continuer sur votre trajectoire initiale. Soyez attentif aux signes de danger et soyez prêt à réagir rapidement pour éviter d'être repéré ou capturé par les extraterrestres.

Restez vigilant :

Gardez les yeux et les oreilles ouverts en tout temps et soyez prêt à réagir rapidement en cas d'attaque.

Pour rester vigilant, il est important de ne pas se laisser distraire par des éléments sans importance. En situation de danger, il est facile de se concentrer sur une chose en particulier et de perdre de vue ce qui se passe autour de soi. C'est pourquoi il est recommandé de garder les yeux et les oreilles ouverts en tout temps, de rester alerte et de surveiller les alentours.

Il est également important de rester en mouvement constant pour éviter de se faire repérer. Si vous devez vous arrêter pour reprendre votre souffle ou pour observer les environs, cherchez un endroit sûr où vous pourrez vous cacher et d'où vous pourrez observer discrètement sans être repéré.

Il est également recommandé de se déplacer en groupe, car cela permet de se soutenir mutuellement et d'avoir plusieurs paires d'yeux pour surveiller les environs. Cependant, il est important de maintenir une certaine distance entre les membres du groupe pour éviter d'attirer l'attention.

Enfin, soyez prêt à réagir rapidement en cas d'attaque. Si vous êtes attaqué, cherchez un abri sûr et protégez-vous autant que possible. Si vous devez riposter, utilisez des armes ou des objets à portée de main pour vous défendre. Gardez à l'esprit que votre sécurité est primordiale, alors ne prenez pas de risques inutiles et ne cherchez pas à affronter les extraterrestres à moins que cela ne soit absolument nécessaire.

TROUVER UN ABRI SÛR

Comment identifier les endroits sûrs et les abris temporaires ?

Lorsque vous êtes en quête d'un abri sûr pendant une attaque extraterrestre, il est important de pouvoir identifier rapidement les endroits sûrs et les abris temporaires à proximité. Voici quelques conseils pour vous aider à trouver des abris temporaires et des endroits sûrs :

Cherchez des structures solides :

Les bâtiments en béton et les structures en acier sont généralement plus solides et résistants aux attaques extraterrestres. Les édifices qui ont des fondations solides sont également préférables car ils sont moins susceptibles de s'effondrer en cas de séisme ou d'autres phénomènes naturels.

Il est donc important de chercher des structures solides pour trouver un abri sûr pendant une attaque extraterrestre. Les bâtiments en béton armé et les structures en acier sont généralement plus résistants aux attaques, mais cela ne signifie pas qu'ils sont invincibles. Les édifices qui ont des fondations solides sont également préférables car ils sont moins susceptibles de s'effondrer en cas de séisme ou d'autres phénomènes naturels.

Il est également important de considérer l'âge et l'état du bâtiment. Un vieux bâtiment peut sembler solide à première vue, mais il peut avoir des fissures ou d'autres problèmes structurels qui le rendent vulnérable. Par conséquent, il est important d'inspecter attentivement le bâtiment avant de décider de s'y réfugier.

En plus des bâtiments, les tunnels et les caves peuvent également être des endroits sûrs pendant une attaque extraterrestre. Les tunnels souterrains peuvent offrir une bonne protection contre les armes énergétiques et les attaques aériennes, tandis que les caves peuvent être utiles pour se cacher en cas de danger.

Les immeubles de grande hauteur peuvent être plus sûrs que les bâtiments bas, car ils peuvent offrir une meilleure vue sur les environs et des options de sortie supplémentaires en cas d'urgence. Les maisons avec des murs épais, des portes et des fenêtres solides peuvent également fournir une bonne protection.

Il est important de noter que tous les bâtiments ne sont pas des endroits sûrs. Les édifices gouvernementaux, les centres commerciaux et les aéroports sont des cibles potentielles pour les extraterrestres et peuvent être dangereux en cas d'attaque. Il est donc important de faire preuve de discernement et de réfléchir attentivement avant de décider de chercher refuge dans un bâtiment particulier.

Évitez les zones à risque :

Pour identifier des abris sûrs en cas d'attaque extraterrestre, il est important d'éviter les zones à risque. Les bâtiments abandonnés ou les zones de construction peuvent présenter des risques tels que des murs fragiles, des structures instables ou des risques d'effondrement. Les terrains vagues ou les zones de stockage peuvent être remplis de débris ou d'objets dangereux qui peuvent causer des blessures.

Il est également important de se méfier des bâtiments avec des fenêtres fragiles ou des portes fragiles, car ils peuvent être facilement brisés ou forcés. Les bâtiments avec des toits en tôle peuvent également être dangereux car ils peuvent se détacher facilement en cas de vent violent ou d'attaques extraterrestres. Enfin, les zones proches des lignes de transport en commun peuvent être des cibles pour les extraterrestres car elles sont souvent plus densément peuplées.

Enfin, il est important de se rappeler que les abris temporaires peuvent être trouvés dans des endroits inattendus, comme les égouts, les caves, les tunnels ou les abris anti-bombes. Bien que ces endroits ne soient pas idéaux, ils peuvent fournir une protection contre les attaques extraterrestres si aucun autre abri n'est disponible. Cependant, il est important de prendre en compte les risques et les dangers associés à ces endroits avant de s'y réfugier.

Utilisez les ressources locales :

Les bibliothèques, les églises, les écoles et les hôtels peuvent tous fournir un abri temporaire en cas d'urgence. Ces endroits ont souvent des murs épais et des portes solides, ce qui les rend plus sûrs que les maisons privées.

En plus de ces structures, il peut y avoir d'autres ressources locales à considérer lors de la recherche d'un abri sûr. Par exemple, dans les zones rurales, les granges, les silos à grains ou les étables peuvent offrir une protection contre les attaques extraterrestres. Dans les zones urbaines, les parkings souterrains, les tunnels de transport et les centres commerciaux peuvent être des endroits à considérer pour leur sécurité et leur protection.

Il est important de noter que l'utilisation des ressources locales doit être faite avec précaution et en respectant les règles en vigueur. Dans certains cas, il peut être nécessaire d'obtenir l'autorisation de l'administration locale ou du propriétaire avant de se réfugier dans un bâtiment ou une structure.

Il est également important de planifier à l'avance et de repérer les endroits sûrs à l'avance, afin de pouvoir agir rapidement en cas d'urgence. Il peut être utile de marquer ces endroits sur une carte ou dans un carnet de notes pour pouvoir les retrouver facilement.

Évitez les foules :

Les foules sont souvent des cibles privilégiées des attaques extraterrestres, donc évitez les endroits bondés tels que les centres commerciaux et les stades. Cherchez des endroits plus isolés qui peuvent vous fournir un abri temporaire.

Pour éviter les foules, il est important d'éviter les endroits populaires et les événements à grande affluence. Si vous êtes dans une ville ou une zone urbaine, cherchez des rues et des quartiers moins fréquentés où vous pourriez trouver des bâtiments solides ou des zones de couverture pour vous cacher en cas d'attaque. Si vous êtes dans une zone rurale, cherchez des zones plus isolées telles que des forêts ou des montagnes où vous pourriez trouver un abri naturel, comme une grotte ou un creux dans le terrain.

Il est également important de rester vigilant lorsque vous êtes dans des zones moins fréquentées. Évitez les rues sombres et désertes la nuit, car cela peut vous rendre plus vulnérable à une attaque. Si vous voyez ou entendez quelque chose de suspect, soyez prêt à réagir rapidement et à trouver un abri sûr. En général, il est important d'être conscient de votre environnement et d'anticiper les dangers potentiels, en évitant les situations risquées et en restant vigilant en tout temps.

Soyez flexible :

Soyez prêt à changer de plan si vous ne pouvez pas trouver un abri sûr immédiatement. Lorsqu'il s'agit de trouver un abri sûr en cas d'attaque extraterrestre, il est essentiel de faire preuve de flexibilité et de rester ouvert d'esprit. Les abris temporaires peuvent être trouvés dans des endroits inattendus et il est important d'être prêt à changer de plan rapidement si nécessaire.

Par exemple, si vous ne pouvez pas trouver un abri sûr immédiatement, vous pouvez chercher refuge dans des endroits tels que les stations de métro ou les tunnels de drainage. Les tunnels peuvent offrir une protection contre les rayons extraterrestres et les bâtiments effondrés, mais il est important de noter que ces espaces peuvent être étroits et difficiles d'accès.

Les endroits tels que les parcs et les aires de loisirs peuvent également fournir un abri temporaire. Les grands arbres et les bosquets denses peuvent fournir une certaine couverture contre les attaques extraterrestres, mais il est important de rester vigilant et de surveiller votre environnement pour repérer tout danger potentiel.

Il est également important de se rappeler que les abris temporaires peuvent être improvisés à partir de matériaux disponibles localement. Par exemple, des débris ou des matériaux de construction abandonnés peuvent être utilisés pour construire des abris de fortune. La clé est de rester flexible et de chercher des solutions créatives pour vous protéger.

En suivant ces conseils, vous pourrez identifier rapidement des endroits sûrs et des abris temporaires en cas d'attaque extraterrestre. Il est important de noter que ces endroits ne seront que temporaires et qu'il est essentiel de continuer à chercher un abri plus sûr et permanent dès que possible.

Comment se protéger des radiations et autres dangers ?

En cas d'attaque extraterrestre, les radiations et autres

dangers peuvent être des menaces majeures pour la santé humaine. Pour se protéger efficacement, voici quelques mesures à prendre :

Éviter les zones contaminées :

Les radiations peuvent se propager sur de grandes distances et contaminer l'environnement. En cas d'attaque extraterrestre, les radiations peuvent être un danger majeur pour la santé et la sécurité des personnes. Il est important de savoir comment se protéger des radiations pour minimiser les risques de contamination.

Tout d'abord, il est crucial d'écouter les instructions des autorités locales, car elles seront en mesure de fournir des informations sur les zones contaminées et les zones à éviter. Les autorités peuvent également fournir des indications sur les endroits sûrs pour se protéger des radiations.

En général, il est recommandé d'éviter les zones à proximité des centrales nucléaires, des usines chimiques et des zones industrielles en cas d'attaque extraterrestre. Ces zones sont susceptibles de contenir des matériaux radioactifs qui pourraient libérer des radiations.

Si vous êtes exposé à des radiations, il est important de minimiser le temps d'exposition. Si vous devez traverser une zone contaminée, essayez de le faire rapidement et ne vous attardez pas dans la zone. Il est également conseillé de porter des vêtements de protection, tels que des combinaisons ou des masques à gaz, pour réduire l'exposition aux radiations.

Enfin, il est important de trouver un abri sûr dès que possible pour se protéger des radiations. Les bâtiments en béton et les structures en acier sont généralement plus résistants aux radiations, mais il est important de s'assurer que l'abri est bien isolé et qu'il y a suffisamment de provisions pour survivre pendant une période prolongée. Les autorités locales peuvent fournir des informations sur les endroits sûrs pour se protéger des radiations, mais il est également important de rester flexible et de se déplacer rapidement si nécessaire.

Se couvrir et se protéger des radiations :

En cas d'explosion nucléaire ou d'utilisation d'armes extraterrestres qui produisent des radiations, il est important de se couvrir immédiatement pour minimiser l'exposition. Les vêtements épais, les couvertures et les matériaux absorbants comme les sacs de sable peuvent aider à réduire les effets des radiations. Les masques à gaz peuvent également être utiles pour filtrer l'air et éviter d'inhaler des substances toxiques.

En plus des mesures de protection précédemment mentionnées, il est important de comprendre comment les radiations peuvent affecter le corps humain. Les radiations ionisantes peuvent endommager l'ADN et les cellules, ce qui peut entraîner des mutations, des cancers, des maladies cardiaques et des dommages au système immunitaire. Il est donc important de prendre des mesures pour limiter l'exposition, même après l'attaque.

Pour se protéger des radiations à long terme, il est recommandé de se mettre à l'abri dans des zones souterraines ou des abris anti-atomiques. Ces zones offrent une protection contre les radiations et les effets de l'explosion. Les abris anti-atomiques peuvent également être équipés de filtres pour l'air et l'eau, ainsi que de fournitures médicales pour aider à traiter les blessures.

Il est également important de se rappeler que les radiations peuvent se propager à travers les aliments et l'eau. Il est donc important de stocker de la nourriture et de l'eau potable dans des endroits sûrs et de les consommer avec prudence. Les aliments et l'eau qui ont été exposés à des niveaux élevés de radiations peuvent être dangereux à consommer et devraient être évités.

Il est important de suivre les recommandations des autorités locales en cas d'attaque et de rester informé des dernières mises à jour. Les autorités peuvent fournir des instructions spécifiques sur la manière de se protéger des radiations et d'autres dangers après une attaque extraterrestre.

Se protéger des armes extraterrestres :

Les armes extraterrestres peuvent produire une grande quantité de chaleur et de lumière intense, ce qui peut causer des brûlures. Il est important de se protéger en se cachant derrière des objets solides et en évitant les zones exposées. Les lunettes de soleil peuvent également aider à protéger les yeux contre la lumière intense.

En plus des brûlures, les armes extraterrestres peuvent également produire des ondes de choc et des débris qui peuvent causer des blessures. Il est donc important de se protéger en se mettant à l'abri derrière des murs épais, des voitures, des arbres ou tout autre objet solide qui peut offrir une certaine protection contre ces effets. Les abris anti-bombes et les sous-sols sont également des endroits sûrs pour se protéger des armes extraterrestres.

En outre, certaines armes extraterrestres peuvent produire des radiations ou des substances toxiques qui peuvent causer des dommages à long terme. Dans ce cas, il est important de suivre les mêmes directives que pour les radiations mentionnées précédemment, en évitant les zones contaminées et en se protégeant avec des vêtements épais, des masques à gaz et d'autres équipements de protection.

Il est important de se rappeler que les armes extraterrestres peuvent être très différentes de ce que nous connaissons, il est donc important d'être conscient de son environnement et d'être prêt à s'adapter rapidement à toute nouvelle situation.

Suivre les directives des autorités locales :

En cas d'attaque extraterrestre, il est important de suivre les directives des autorités locales pour se protéger des radiations et autres dangers.

En suivant les directives des autorités locales, vous pouvez bénéficier des plans d'urgence et des procédures de sécurité mis en place pour faire face aux attaques extraterrestres. Ces plans peuvent inclure des évacuations, des abris d'urgence, des zones de sécurité, des équipes de secours et des centres d'information. Les autorités peuvent également fournir des équipements de protection tels que des masques à gaz, des combinaisons de protection et des trousses de premiers soins. Il est important de rester à l'écoute des médias locaux pour recevoir les dernières informations et instructions sur la situation.

En plus de suivre les directives des autorités locales, il est important de suivre également les instructions des professionnels de la santé en cas d'exposition aux radiations. Ils peuvent vous guider sur les symptômes à surveiller et les traitements appropriés. Il est également conseillé de faire un bilan de santé après une exposition aux radiations pour s'assurer que vous n'avez pas subi de dommages internes.

Enfin, il est important de se rappeler que la préparation est essentielle pour faire face à une attaque extraterrestre. En élaborant un plan d'urgence pour vous et votre famille, en stockant des fournitures d'urgence et en connaissant les zones de sécurité locales, vous pouvez être mieux préparé à faire face à une situation d'urgence.

En somme, se protéger des radiations et autres dangers en cas d'attaque extraterrestre peut être un défi de taille, mais en prenant les bonnes mesures, il est possible de minimiser les risques pour sa santé et sa sécurité.

Comment organiser son espace et stocker ses provisions ?

Lors d'une attaque extraterrestre, il est important d'avoir un espace organisé et bien équipé pour survivre pendant une période prolongée. Voici quelques conseils pour organiser votre espace et stocker vos provisions :

Avoir un espace de stockage :

Assurez-vous d'avoir suffisamment d'espace pour stocker toutes vos provisions. Il est important de disposer d'un espace de stockage adéquat pour stocker vos provisions pendant une attaque extraterrestre. Assurez-vous que cet espace est facilement accessible et sécurisé pour éviter le vol ou les pertes de nourriture. Vous pouvez utiliser un placard, une pièce de rangement ou même un garage pour stocker vos provisions.

Lorsque vous stockez vos provisions, il est important de faire attention à leur date de péremption. Les aliments en conserve, les pâtes, le riz, les légumes secs et les céréales sont des aliments à longue conservation qui peuvent être stockés pendant une longue période de temps. Assurez-vous également de disposer d'une réserve suffisante d'eau potable pour une durée de plusieurs jours. Les bouteilles d'eau en plastique sont une bonne option pour le stockage de l'eau.

Pour maximiser votre espace de stockage, il est important de planifier vos achats de provisions en fonction de vos besoins et de la durée que vous souhaitez être autosuffisant. Vous pouvez également envisager de faire du jardinage pour produire vos propres fruits et légumes, ou de stocker des semences pour une utilisation future.

Il est important de maintenir régulièrement votre stock de provisions en vérifiant les dates de péremption, en remplaçant les aliments périmés et en ajoutant de nouveaux articles à votre stock. Cela garantira que vous disposez toujours d'une réserve suffisante de nourriture et d'eau pour faire face à une attaque extraterrestre ou à toute autre catastrophe.

Stocker de l'eau :

L'eau est essentielle pour la survie, donc assurez-vous d'avoir suffisamment d'eau potable pour une période prolongée. Il est recommandé de stocker au moins 3 à 5 litres d'eau par personne et par jour. Vous pouvez stocker de l'eau en bouteille ou en jerrican, ou investir dans un système de filtration de l'eau pour filtrer l'eau disponible.

Il est également important de vérifier régulièrement la date de péremption des bouteilles d'eau stockées et de les remplacer si nécessaire. Si vous stockez de l'eau du robinet, assurez-vous de bien la traiter avant de la stocker, car elle peut contenir des bactéries et des virus. Le traitement peut se faire par ébullition, utilisation de comprimés de désinfection ou de filtres à eau.

Il est conseillé de stocker de l'eau de pluie dans des citernes ou des barils pour une utilisation non potable, comme pour les toilettes ou le nettoyage. Cela peut aider à économiser l'eau potable pour les besoins essentiels.

Il est également important de se rappeler que l'eau peut être lourde et volumineuse à stocker, il est donc important d'avoir un espace de stockage suffisamment grand pour les contenants d'eau.

Enfin, en cas d'urgence, il peut être utile de connaître les sources d'eau potable locales, comme les rivières, les lacs ou les puits, pour pouvoir s'approvisionner en eau en cas de besoin.

Stocker des aliments non périssables :

Les aliments non périssables sont des aliments qui ne se trouvent pas facilement et qui peuvent être conservés pendant une période prolongée. En plus des exemples d'aliments non périssables mentionnés ci-dessus, il y a d'autres options à prendre en compte pour stocker des aliments. Par exemple, les aliments lyophilisés, qui sont des aliments déshydratés et qui peuvent être conservés pendant plusieurs années. Les aliments en poudre, comme la poudre de lait ou la poudre d'œufs, sont également des options pratiques pour le stockage à long terme. Il est important de stocker des aliments qui contiennent des nutriments essentiels pour une alimentation équilibrée. Les aliments riches en protéines, en vitamines et en minéraux doivent être privilégiés pour aider à maintenir un système immunitaire fort et sain en cas d'urgence. Il est également important de surveiller régulièrement les dates de péremption et de remplacer les aliments périmés pour garantir que les provisions stockées restent sûres et consommables.

Avoir un kit de premiers secours :

Un kit de premiers secours est essentiel pour faire face à toute blessure ou maladie pendant une période prolongée. Assurez-vous d'inclure des articles tels que des bandages, des désinfectants, des médicaments, des pansements, des ciseaux et des pincettes.

En plus des éléments mentionnés précédemment, un kit de premiers secours doit également contenir des articles adaptés à la situation d'urgence spécifique. Par exemple, en cas d'attaque extraterrestre, il peut être utile d'inclure des médicaments pour traiter les brûlures, des lunettes de protection contre la lumière intense et des masques pour éviter d'inhaler des substances toxiques. Si vous ou des membres de votre famille avez des besoins médicaux spécifiques, assurez-vous d'avoir suffisamment de médicaments pour la durée de l'urgence. Il est également important de vérifier régulièrement le contenu du kit de premiers secours pour vous assurer que tous les articles sont en bon état de fonctionnement et de les remplacer si nécessaire.

Avoir des outils de survie :

Des outils de survie peuvent être utiles pour faire face à une variété de situations d'urgence. Les couteaux, les haches, les lampes de poche, les allumettes et les briquets sont des exemples d'outils de survie qui peuvent être stockés facilement.
En plus des outils de survie mentionnés, il est important d'avoir d'autres équipements qui peuvent être utiles dans une situation de survie. Par exemple, une scie à main, une pelle pliante, une boussole, un sifflet de signalisation, une corde solide, un marteau, une pince multiprise, une radio portative et des piles de rechange peuvent tous être utiles. Il est également important de savoir comment utiliser ces outils de manière efficace et sécuritaire. Il peut être utile de suivre des

cours de survie ou de regarder des vidéos éducatives pour apprendre les techniques de survie de base.

Avoir un plan d'évacuation :

Enfin, il est important d'avoir un plan d'évacuation au cas où la situation deviendrait trop dangereuse pour rester sur place.
Avoir un plan d'évacuation est crucial pour la sécurité de vous et de votre famille en cas d'une attaque extraterrestre ou de toute autre situation d'urgence. Voici quelques éléments à inclure dans votre plan d'évacuation :

- Identifiez les voies d'évacuation possibles : il est important de connaître les voies d'évacuation possibles pour votre région et de les marquer sur une carte. Cela peut inclure des routes principales, des routes secondaires, des ponts et des tunnels. Si possible, planifiez plusieurs itinéraires pour atteindre votre destination.
- Déterminez des points de rendez-vous : en cas de séparation, il est important d'avoir des points de rendez-vous prévus à l'avance pour que vous et votre famille puissiez vous retrouver en sécurité. Il peut s'agir de centres communautaires, de postes de police ou d'incendie, ou de tout autre endroit facilement identifiable.
- Prévoyez des moyens de transport : en cas d'évacuation, il est important d'avoir un moyen de transport fiable pour atteindre votre destination. Si vous avez votre propre véhicule, assurez-vous qu'il est en bon état de fonctionnement et rempli d'essence. Si vous n'avez pas de voiture, envisagez de faire du covoiturage avec des voisins ou de prendre les transports en commun.

- Rassemblez des documents importants : assurez-vous d'avoir une copie de vos documents importants tels que des papiers d'identité. Gardez-les dans un endroit sûr et facilement accessible en cas d'évacuation.
- Préparez un sac d'évacuation : préparez un sac d'évacuation qui contient des éléments essentiels tels que de l'eau, de la nourriture non périssable, des vêtements de rechange, des médicaments, une radio portable, des piles, etc. Gardez ce sac prêt à tout moment pour une évacuation rapide.

Un plan d'évacuation bien élaboré et bien exécuté peut aider à minimiser les risques et à protéger votre famille en cas d'une attaque extraterrestre ou de toute autre situation d'urgence.

En conclusion, organiser son espace et stocker ses provisions est crucial pour survivre pendant une période prolongée en cas d'attaque extraterrestre. Il est important de planifier à l'avance et de stocker suffisamment de nourriture, d'eau et de fournitures pour faire face à toute éventualité.

SE NOURRIR ET S'HYDRATER

Comment trouver de l'eau et de la nourriture ?

Lors d'une attaque extraterrestre, il est crucial de trouver de l'eau et de la nourriture pour survivre. Voici quelques méthodes pour trouver ces ressources :

Trouver de l'eau :

La première étape consiste à chercher de l'eau. Vous pouvez trouver de l'eau dans les rivières, les lacs, les puits ou les sources. Si vous êtes dans un endroit urbain, cherchez des réservoirs d'eau sur les toits des bâtiments ou dans les réserves d'eau de la ville. Il est important de filtrer et de purifier l'eau avant de la boire pour éviter de tomber malade. Si vous n'avez pas de filtre à eau, vous pouvez faire bouillir l'eau pendant au moins 10 minutes pour la purifier.

En plus des sources d'eau mentionnées, il est également possible de collecter de l'eau de pluie en utilisant des récipients tels que des bâches ou des feuilles de plastique pour recueillir l'eau qui s'écoule. Il est important de s'assurer que les récipients sont propres et exempts de produits chimiques ou de substances toxiques.

En cas d'urgence, vous pouvez également trouver de l'eau

dans des endroits moins évidents, comme dans les sèche-linges, les réservoirs de toilettes ou les conduites d'eau. Cependant, ces sources d'eau nécessitent souvent une certaine expertise pour être collectées et purifiées en toute sécurité.

Il est important de noter que toutes les sources d'eau ne sont pas sûres à boire. L'eau stagnante peut contenir des bactéries et des parasites dangereux, tandis que l'eau de mer contient du sel qui peut être mortel s'il est consommé en grande quantité. Il est donc crucial de filtrer et de purifier toute source d'eau avant de la boire.

Enfin, il est également important de stocker de l'eau pour une utilisation future en cas d'urgence. Vous pouvez stocker de l'eau en bouteille ou en jerrican, ou investir dans un système de filtration de l'eau pour filtrer l'eau disponible. Assurez-vous de remplacer régulièrement l'eau stockée pour éviter qu'elle ne devienne stagnante et impropre à la consommation.

Chasser ou pêcher :

Si vous avez des compétences de chasse ou de pêche, vous pouvez essayer de trouver de la nourriture en chassant des animaux ou en pêchant dans les rivières et les lacs.

Il est important de disposer des outils appropriés pour la chasse ou la pêche, tels que des hameçons, des filets de pêche, des pièges ou des fusils de chasse. Si vous ne disposez pas de ces outils, vous pouvez toujours essayer de trouver des aliments comestibles dans la nature, comme des baies, des fruits, des noix ou des racines sauvages. Cependant, il est crucial de savoir identifier les plantes sauvages comestibles et non comestibles pour éviter de vous empoisonner. Vous pouvez également chercher des aliments non périssables dans les maisons abandonnées, les supermarchés ou les entrepôts, mais assurez-vous de vérifier leur date de péremption avant de les consommer. Enfin, si vous avez des animaux de compagnie avec vous, il est important de stocker de la nourriture pour eux également.

Fouiller les supermarchés et les magasins :

La recherche de nourriture peut être un défi majeur. Si vous êtes dans une zone urbaine, vous pouvez chercher de la nourriture dans les épiceries, les magasins et les restaurants abandonnés. Les aliments en conserve, les aliments secs et les aliments non périssables peuvent être conservés longtemps et peuvent être une bonne source de nourriture. Il est important de vérifier les dates d'expiration et d'éviter de consommer des aliments dont l'emballage est endommagé ou qui ont une odeur étrange.

En cas de pénurie de nourriture, il est possible de chercher des sources de nourriture dans la nature. Les plantes sauvages comme les baies, les noix et les fruits peuvent être comestibles. Cependant, il est important de connaître les plantes locales et de savoir les identifier correctement, car certaines plantes peuvent être toxiques et dangereuses pour la santé. De même, si vous avez des compétences de chasse et de pêche, vous pouvez trouver de la nourriture en chassant des animaux ou en pêchant dans les rivières et les lacs.

Il est également possible de chercher de la nourriture dans les déchets alimentaires des restaurants et des supermarchés. De nombreux magasins jettent des aliments encore comestibles et cela peut être une source de nourriture en cas d'urgence. Cependant, il est important de prendre des précautions d'hygiène et de s'assurer que la nourriture est encore comestible avant de la consommer.

Cultiver des plantes :

Si vous avez des compétences en jardinage, vous pouvez essayer de cultiver des plantes pour avoir de la nourriture. Les légumes, les fruits et les herbes peuvent être cultivés dans des jardins, des balcons ou même à l'intérieur. Assurez-vous de connaître les plantes qui poussent dans votre région et les méthodes de culture appropriées.

Cultiver des plantes peut être une option viable pour obtenir de la nourriture à long terme. Si vous êtes en sécurité et avez un accès à la terre, vous pouvez commencer un jardin pour cultiver des légumes, des fruits et des herbes. Cela peut être fait dans un petit jardin en plein air, sur un balcon ou même à l'intérieur si vous avez suffisamment de lumière naturelle ou artificielle. Il est important de connaître les plantes qui poussent dans votre région et les techniques de culture appropriées pour maximiser vos rendements.

Il est également important de planifier à l'avance pour avoir suffisamment de graines et de matériel de jardinage pour vous aider à survivre pendant une période prolongée. Les graines peuvent être stockées dans un endroit sec et frais pour une utilisation ultérieure.

Si vous êtes en déplacement, vous pouvez toujours utiliser des méthodes de culture alternatives, telles que la culture hydroponique ou la culture en sacs, qui nécessitent peu d'espace et peuvent être facilement transportées. Ces méthodes sont également utiles si vous êtes dans un environnement hostile ou si vous ne disposez pas de terre pour cultiver des plantes.

En résumé, il est important de chercher de l'eau et de la nourriture pour survivre pendant une attaque extraterrestre. Vous pouvez trouver de l'eau dans les rivières, les lacs, les puits ou les réserves d'eau de la ville. La nourriture peut être obtenue en chassant, en pêchant, en fouillant les supermarchés ou en cultivant des plantes. Assurez-vous de connaître les règles et les lois locales pour éviter tout problème et de prendre des mesures pour filtrer et purifier l'eau avant de la boire.

Comment stocker les provisions en toute sécurité ?

Lorsque vous avez réussi à trouver de l'eau et de la nourriture, il est important de les stocker correctement pour éviter qu'elles ne se gâtent ou ne soient contaminées. Voici quelques exemples de mesures de sécurité que vous pouvez prendre :

Stockez les aliments dans des contenants hermétiques :

Les contenants hermétiques, tels que les bocaux en verre ou

les boîtes en plastique, peuvent aider à empêcher l'humidité, la saleté et les insectes de contaminer les aliments. Assurez-vous de bien fermer les contenants pour empêcher l'air de pénétrer à l'intérieur.

Étiquetez les aliments :

En étiquetant les aliments, vous pouvez savoir quand ils ont été stockés et combien de temps ils peuvent être conservés avant de devenir dangereux pour la consommation. Écrivez la date de stockage et la date de péremption sur chaque contenant.

Stockez les aliments dans un endroit frais et sec :

Les aliments doivent être stockés dans un endroit frais et sec pour éviter qu'ils ne pourrissent ou ne moisissent. Les températures chaudes et l'humidité peuvent favoriser la croissance des bactéries et des moisissures.

Utilisez des sacs anti-odeurs :

Les sacs anti-odeurs peuvent aider à prévenir les odeurs fortes et les insectes qui peuvent attirer les animaux sauvages. Les sacs anti-odeurs peuvent être achetés dans les magasins de camping ou en ligne.

Vérifiez régulièrement l'état des aliments :

Il est important de vérifier régulièrement l'état des aliments stockés pour s'assurer qu'ils n'ont pas été contaminés ou qu'ils ne sont pas périmés. Si vous remarquez des signes de détérioration, jetez les aliments immédiatement pour éviter tout risque de maladie.

En suivant ces mesures de sécurité simples, vous pouvez stocker les aliments et l'eau en toute sécurité pendant une attaque extraterrestre.

Comment cuisiner discrètement et utiliser les ressources locales ?

Le dernier point important pour survivre pendant une attaque extraterrestre est de savoir comment cuisiner discrètement et utiliser les ressources locales. Il est important de ne pas attirer l'attention des extraterrestres ou des autres survivants en faisant du feu ou en cuisinant des aliments odorants. Voici quelques conseils pour cuisiner discrètement et efficacement :

Utiliser des réchauds portables :

Les réchauds portables à gaz ou à essence sont un moyen discret de cuisiner sans utiliser de feu ouvert. Assurez-vous d'avoir suffisamment de carburant pour votre réchaud et de le ranger en toute sécurité après utilisation.

Les réchauds portables sont une excellente option pour cuisiner discrètement. Les réchauds à gaz et à essence sont couramment utilisés pour les activités de camping et peuvent être achetés dans les magasins d'articles de sport et de plein air. Assurez-vous d'acheter un réchaud de qualité et de vous familiariser avec son utilisation et son entretien avant l'attaque extraterrestre. Il est important de stocker suffisamment de carburant pour le réchaud et de le conserver en toute sécurité après utilisation.

Si vous n'avez pas accès à un réchaud portable, vous pouvez envisager d'utiliser un réchaud improvisé. Par exemple, vous pouvez utiliser une boîte de conserve vide et une bougie pour créer un réchaud simple. Pour cela, vous devez remplir la boîte de conserve d'un matériau combustible comme du papier ou des copeaux de bois. Placez la bougie allumée au centre de la boîte de conserve et placez une casserole ou une poêle dessus pour cuisiner.

Éviter les aliments odorants :

Évitez de cuisiner des aliments qui ont une forte odeur, car cela peut attirer l'attention des extraterrestres ou des autres survivants. Optez plutôt pour des aliments non odorants tels que des pâtes, du riz ou des légumes.

En plus des aliments non odorants mentionnés précédemment, il y a d'autres options pour éviter les odeurs lors de la cuisine discrète. Par exemple, les aliments en conserve sont une option pratique car ils sont faciles à stocker et à cuisiner, et ils n'ont pas une forte odeur lorsqu'ils sont ouverts. Les aliments déshydratés sont également une option pratique car ils sont légers et compacts, et ne nécessitent pas beaucoup d'eau pour être préparés.

En outre, il est important de noter que les épices et les

assaisonnements peuvent également produire des odeurs fortes lorsqu'ils sont utilisés dans la cuisine. Si vous utilisez des épices, assurez-vous de les utiliser avec modération et d'opter pour des épices moins odorantes telles que le sel, le poivre et le basilic. Évitez les épices fortes comme l'ail et le curcuma qui peuvent produire des odeurs fortes.

Enfin, il est important de nettoyer après la cuisson pour éviter les odeurs persistantes. Utilisez des produits de nettoyage doux et évitez les produits parfumés qui pourraient produire des odeurs supplémentaires. Assurez-vous de bien ranger les restes de nourriture et les déchets alimentaires pour éviter les odeurs qui pourraient attirer l'attention.

Utiliser les ressources locales :

Si vous êtes dans une zone rurale, vous pouvez utiliser les ressources locales pour cuisiner. Par exemple, vous pouvez collecter du bois mort pour faire un feu ou utiliser des pierres pour construire un four en terre.

En plus de collecter du bois mort pour faire un feu ou de construire un four en terre avec des pierres, il est possible d'utiliser d'autres ressources locales pour cuisiner pendant une attaque extraterrestre. Si vous vous trouvez près d'un cours d'eau, vous pouvez pêcher des poissons et les faire cuire sur le feu. Si vous êtes dans une région boisée, vous pouvez cueillir des champignons ou des baies sauvages pour les ajouter à vos repas.

Il est également important de savoir comment préparer les

aliments que vous collectez ou que vous trouvez dans la nature. Par exemple, certains champignons peuvent être toxiques s'ils ne sont pas préparés correctement, il est donc important de savoir lesquels sont comestibles et comment les préparer. De même, si vous trouvez des plantes sauvages comestibles, assurez-vous de savoir les reconnaître et de savoir comment les préparer en toute sécurité.

Enfin, n'oubliez pas que la conservation des aliments est également importante. Si vous avez accès à de l'électricité ou à des équipements de réfrigération, vous pouvez conserver les aliments frais plus longtemps. Sinon, vous pouvez faire de la mise en conserve ou de la déshydratation pour prolonger la durée de conservation de vos aliments.

Faire du feu en toute sécurité :

Si vous devez faire un feu, assurez-vous de le faire en toute sécurité en utilisant des méthodes appropriées telles que des allume-feu ou des briquets. Évitez d'utiliser des produits inflammables comme l'essence ou l'alcool pour allumer un feu. Faire du feu en toute sécurité est crucial lorsque vous cuisinez pendant une attaque extraterrestre. Il est important de choisir l'emplacement approprié pour le feu, car cela peut affecter votre sécurité et la sécurité de ceux qui vous entourent. Si vous êtes dans une zone urbaine, vous devriez éviter de faire un feu à l'intérieur ou à proximité des bâtiments ou des arbres. En revanche, si vous êtes dans une zone rurale, vous pouvez chercher un endroit dégagé pour faire un feu, en vous assurant qu'il n'y a pas de risques d'incendie.

Il est également important de connaître les méthodes appropriées pour allumer un feu. Vous pouvez utiliser des allume-feu, des briquets ou des pierres à feu pour allumer un feu. Évitez d'utiliser des produits inflammables tels que l'essence ou l'alcool pour allumer un feu, car cela peut causer des accidents graves.

Si vous n'êtes pas sûr de vos compétences pour allumer un feu en toute sécurité, il est recommandé de suivre un cours de survie ou de demander l'aide d'un expert en feu de camp. Enfin, n'oubliez pas d'avoir toujours un seau d'eau ou un extincteur à portée de main au cas où le feu échapperait à votre contrôle.

Cuisiner en groupe :

Si vous êtes avec un groupe de survivants, vous pouvez cuisiner en groupe pour économiser les ressources et minimiser le temps de cuisson. Vous pouvez également partager les compétences culinaires et les recettes pour créer des plats variés et nutritifs.

Cuisiner en groupe peut être bénéfique pour de nombreuses raisons. Tout d'abord, cela permet de partager les tâches et de répartir les responsabilités, ce qui peut réduire le temps de préparation et de nettoyage. Ensuite, cela peut encourager la créativité culinaire et permettre de découvrir de nouvelles recettes à partir des ingrédients disponibles.

En outre, cuisiner en groupe peut renforcer la cohésion et la solidarité entre les membres du groupe. Cela peut également aider à éviter les conflits en permettant à chacun de s'exprimer sur les préférences alimentaires et les allergies alimentaires.

Il est important de noter que la sécurité alimentaire doit être prise en compte lors de la préparation des repas en groupe. Il est important de se laver les mains et les ustensiles de cuisine avant de commencer à cuisiner. Il est également important de s'assurer que les aliments sont cuits à la bonne température pour éviter les maladies alimentaires.

Il est essentiel de se rappeler que même en situation de crise, il est important de respecter les règles de sécurité et d'hygiène alimentaire pour éviter toute contamination, maladie et rester en vie.

En résumé, pour cuisiner discrètement et efficacement pendant une attaque extraterrestre, il est important d'utiliser des réchauds portables, d'éviter les aliments odorants, d'utiliser les ressources locales de manière sûre et de cuisiner en groupe si possible.

SE DÉFENDRE CONTRE LES EXTRATERRESTRES

Comment éviter le contact avec les extraterrestres ?

Le contact avec des extraterrestres hostiles peut être dangereux et potentiellement mortel. Il est donc crucial d'essayer d'éviter tout contact direct avec eux autant que possible. Voici quelques conseils pour éviter le contact avec les extraterrestres :

- Évitez les zones où il y a des rapports d'apparitions d'OVNI ou des témoignages d'activité extraterrestre. Si vous êtes dans une région où il y a des rapports d'apparitions d'OVNI, il est recommandé de quitter cette zone dès que possible.

- Évitez les zones où il y a des signes de leur présence. Les extraterrestres peuvent laisser des signes de leur présence, tels que des marques au sol, des objets inhabituels ou des phénomènes étranges. Si vous rencontrez de tels signes, il est conseillé d'éviter cette zone et de la quitter rapidement.

- Évitez de faire du bruit. Les extraterrestres peuvent être attirés par le bruit, il est donc important d'être silencieux pour éviter d'attirer leur attention.

- Évitez d'utiliser des lumières ou des sources lumineuses. Les extraterrestres peuvent être attirés par la lumière, donc évitez d'utiliser des lumières ou des sources lumineuses comme des lampes de poche, des feux de camp ou des feux d'artifice.

- Restez en mouvement. Les extraterrestres peuvent être moins susceptibles de vous poursuivre si vous êtes en mouvement.

- Utilisez des couvertures thermiques. Les couvertures thermiques peuvent aider à réduire la détection thermique de votre corps, ce qui peut vous aider à éviter la détection par les extraterrestres.

- Évitez de communiquer avec eux. Si vous êtes confronté à des extraterrestres, évitez de communiquer avec eux. Essayez plutôt de vous cacher et de fuir. Il est important de rester calme et de ne pas attirer l'attention des extraterrestres. Si vous êtes en groupe, il est essentiel de rester ensemble et de suivre un plan d'évacuation préétabli. Si vous êtes seul, essayez de trouver un abri sûr et discret où vous pourrez vous cacher jusqu'à ce que les extraterrestres soient partis. Gardez à l'esprit que les extraterrestres peuvent être équipés de technologies avancées, il est donc important de rester vigilant et de prendre toutes les précautions nécessaires pour éviter le contact.

En bref, il est important de prendre des mesures préventives pour éviter tout contact avec les extraterrestres hostiles. Cela peut inclure éviter les zones où il y a des signes de leur présence, rester silencieux et en mouvement, et éviter d'utiliser des lumières ou des sources lumineuses.

Comment se battre en cas d'attaque ?

Si vous êtes confronté à une attaque extraterrestre, il est important de savoir comment vous défendre. Voici quelques conseils pour vous aider à vous battre :

Utiliser des armes :

Si vous avez accès à des armes, utilisez-les pour vous défendre. Les armes à feu peuvent être particulièrement efficaces contre les extraterrestres, mais assurez-vous de savoir comment les utiliser en toute sécurité avant de les utiliser.

Il est important de noter que l'utilisation des armes à feu doit être entreprise avec une grande prudence et un entraînement adéquat. Si vous n'êtes pas formé à l'utilisation des armes, cela pourrait causer plus de dommages que de bien. Avant d'utiliser une arme, assurez-vous que personne d'autre n'est dans la zone de tir et qu'il n'y a pas de risque de blesser un innocent.

En plus des armes à feu, il existe d'autres armes potentielles que vous pourriez utiliser pour vous défendre contre les extraterrestres. Par exemple, une batte de baseball ou un marteau peut être utilisé pour attaquer un extraterrestre en cas de besoin. Cependant, il est important de rappeler que l'utilisation d'armes est souvent considérée comme un dernier recours et qu'il est préférable d'éviter le contact avec les extraterrestres chaque fois que cela est possible.

Il peut également être utile de se rappeler que les extraterrestres pourraient avoir des capacités physiques ou technologiques supérieures aux nôtres, il est donc important de réfléchir à une stratégie avant d'engager un combat. Par exemple, il peut être préférable de se cacher et d'attendre que l'opportunité de fuir se présente plutôt que d'affronter directement les extraterrestres.

Utiliser des armes improvisées :

En cas d'attaque extraterrestre, il se peut que vous ne disposiez pas d'armes à feu pour vous défendre. Dans ce cas, vous pouvez utiliser des armes improvisées pour faire face à la menace. Vous pouvez utiliser des objets trouvés dans votre environnement pour vous défendre contre les extraterrestres
.

Les pierres peuvent être un choix utile pour frapper les extraterrestres à distance. Vous pouvez également utiliser des bâtons comme arme de corps à corps pour frapper les extraterrestres de près. Les outils comme les haches, les scies, les marteaux et les tournevis peuvent également être utilisés comme des armes improvisées.

Il est important de se rappeler que l'utilisation d'armes improvisées peut être dangereuse et qu'il est crucial de les utiliser en toute sécurité. Assurez-vous de connaître les caractéristiques de l'objet que vous utilisez pour vous défendre et de savoir comment l'utiliser de manière efficace pour éviter de vous blesser vous-même ou d'autres personnes autour de vous.

Utilisez votre créativité pour trouver des moyens d'utiliser ces objets de manière efficace.

Utilisez des boucliers :

Si vous avez accès à des matériaux tels que des plaques de métal ou des boucliers, utilisez-les pour vous protéger des attaques extraterrestres. Les boucliers peuvent être utiles pour dévier les attaques énergétiques, protéger les membres blessés ou protéger les zones de protection.

Les boucliers peuvent être fabriqués à partir de divers matériaux, tels que des métaux, du plastique, du bois, de la fibre de verre, etc. Les boucliers doivent être légers et faciles à manipuler, tout en offrant une protection adéquate contre les attaques extraterrestres. Les boucliers peuvent être conçus de différentes formes et tailles pour répondre à différents besoins. Par exemple, un bouclier rectangulaire peut être utilisé pour bloquer les attaques frontales, tandis qu'un bouclier rond peut être utilisé pour bloquer les attaques latérales.

Les boucliers peuvent être utilisés de différentes manières. Par exemple, vous pouvez utiliser un bouclier pour vous protéger des attaques énergétiques des extraterrestres en vous positionnant derrière lui. Les boucliers peuvent également être utilisés pour protéger les membres blessés ou pour couvrir les zones de protection. Les boucliers peuvent également être utilisés pour attaquer les extraterrestres en les frappant avec le bord du bouclier.

Cependant, il est important de noter que les boucliers ne sont pas indestructibles et qu'ils peuvent être endommagés ou détruits lors d'une attaque extraterrestre. Par conséquent, il est important de ne pas compter uniquement sur les boucliers pour se protéger, mais de les utiliser en combinaison avec d'autres techniques de défense telles que l'utilisation de pièges, l'attaque par surprise, l'utilisation d'armes à feu, etc.

Attaquer les points faibles :

Pour attaquer les points faibles des extraterrestres, il est important de connaître leur anatomie. Par exemple, si l'extraterrestre a des yeux, il est possible de les viser car ils peuvent être sensibles à la lumière intense ou vulnérables aux projectiles. Pour les extraterrestres avec des membres, il peut être efficace de les déséquilibrer en visant leurs jambes ou leurs bras. Si vous êtes confronté à un extraterrestre avec une armure, cherchez des zones vulnérables telles que les articulations ou les coutures.

Il est important de noter que chaque espèce d'extraterrestres peut avoir des points faibles différents, donc il est important d'observer attentivement leur anatomie et de faire preuve de créativité pour trouver des cibles efficaces. En cas de doute, il est recommandé de viser les organes vitaux car ceux-ci sont généralement critiques pour la survie de l'extraterrestre.

Travailler en équipe :

Si vous êtes avec un groupe de survivants, travaillez ensemble pour vous défendre. Vous pouvez travailler en équipe pour créer des pièges, attaquer les extraterrestres par surprise ou simplement pour vous protéger mutuellement.

Travailler en équipe peut être une stratégie très efficace lorsqu'on fait face à une attaque extraterrestre. Les extraterrestres peuvent être très puissants et résistants, et travailler en équipe peut augmenter vos chances de succès. Voici quelques exemples de ce que vous pouvez faire pour travailler en équipe :

Créer des pièges :

Travaillez avec vos coéquipiers pour créer des pièges qui peuvent capturer ou blesser les extraterrestres. Par exemple, vous pouvez creuser des trous et les couvrir de branches et de feuilles pour faire tomber les extraterrestres dedans. Vous pouvez également utiliser des explosifs pour les piéger.

En plus des exemples mentionnés précédemment, il existe d'autres types de pièges que vous pouvez créer pour capturer ou blesser les extraterrestres. Par exemple, vous pouvez utiliser des leurres pour attirer les extraterrestres vers un piège. Les leurres peuvent être des choses comme de la nourriture ou un objet brillant qui attirera leur attention. Une fois qu'ils sont attirés vers le leurre, le piège se referme sur eux.

Un autre type de piège est un piège à chute. Cela peut être créé en suspendant une corde ou une chaîne à travers un passage ou une zone de circulation. La corde ou la chaîne peut être cachée pour que les extraterrestres ne la voient pas. Lorsqu'un extraterrestre passe sous la corde, vous pouvez le faire tomber en tirant sur la corde ou en la coupant.

Enfin, vous pouvez également utiliser des pièges électriques pour capturer les extraterrestres. Vous pouvez créer un circuit électrique à l'aide de fils et de batteries et le placer sur le chemin des extraterrestres. Lorsqu'un extraterrestre entre en contact avec le circuit, il sera électrocuté et immobilisé.
Il est important de noter que la création de pièges peut être dangereuse et doit être effectuée avec prudence. Assurez-vous toujours que vous et vos coéquipiers êtes en sécurité lors de la création et de l'utilisation de pièges.

Attaquer les extraterrestres par surprise :

travaillez en équipe pour attaquer les extraterrestres par surprise. Par exemple, vous pouvez créer une diversion pour attirer leur attention, pendant que les autres membres de l'équipe les attaquent par derrière. Vous pouvez également utiliser des armes à longue portée pour les attaquer de loin, ou des armes à feu pour les prendre par surprise.

Attaquer les extraterrestres par surprise peut être un moyen efficace de les vaincre, mais cela nécessite une coordination et une planification minutieuses. Vous devez choisir le moment et le lieu appropriés pour l'attaque et vous assurer que tout le monde dans l'équipe est prêt à agir en même temps. Vous pouvez utiliser diverses techniques pour attirer leur attention, telles que des bruits forts ou des lumières clignotantes, afin qu'ils se tournent vers la direction souhaitée. Vous pouvez également utiliser des grenades fumigènes pour créer de la confusion et les empêcher de vous repérer.

Une autre technique consiste à se cacher dans l'ombre et à attendre qu'ils passent pour les attaquer de dos. Les armes à feu silencieuses peuvent être très utiles dans cette situation. Cela peut être risqué, car si vous êtes découvert avant d'attaquer, vous pouvez être en danger. Par conséquent, vous devez être prêt à agir rapidement et à fuir si nécessaire.

Enfin, il est important de garder à l'esprit que chaque espèce d'extraterrestre a ses propres points faibles et caractéristiques physiques. Si vous connaissez ces informations, vous pouvez les utiliser à votre avantage. Par exemple, certains extraterrestres peuvent être sensibles aux températures élevées ou aux rayonnements ionisants, tandis que d'autres peuvent être plus vulnérables aux attaques à la tête ou aux jambes. En connaissant leurs points faibles, vous pouvez maximiser l'efficacité de votre attaque et minimiser les risques pour votre équipe.

Se protéger mutuellement :

assurez-vous de vous protéger mutuellement. Vous pouvez vous répartir les rôles pour couvrir différentes zones, ou vous pouvez travailler en binômes pour vous protéger mutuellement le dos. Si quelqu'un est blessé, assurez-vous de le protéger et de l'emmener en sécurité.

Lors d'une attaque extraterrestre, la protection mutuelle est essentielle pour assurer la sécurité de tout le groupe. Voici quelques exemples supplémentaires de stratégies pour se protéger mutuellement :

Utilisez la communication :

Une communication claire et efficace est importante lors d'une attaque extraterrestre. Établissez des signaux de communication simples et rapides pour vous alerter en cas de danger, et décidez d'un plan d'action en cas d'attaque.
Lors d'une attaque extraterrestre, la communication peut jouer un rôle crucial dans votre survie. Voici quelques moyens d'utiliser la communication pour vous défendre :

- Établir un plan : avant même une attaque, il est important d'établir un plan avec vos coéquipiers. Déterminez comment vous allez vous déplacer, où vous allez vous cacher, et comment vous allez vous défendre en cas d'attaque.

- Signaux de communication : déterminez des signaux simples et rapides pour vous alerter en cas de danger. Par exemple, vous pouvez utiliser un sifflet ou des gestes pour signaler une alerte. Assurez-vous que tout le monde dans votre groupe connaît ces signaux.

- Talkies-walkie : si vous en avez, utilisez des talkies-walkies pour communiquer entre vous. Cela peut être particulièrement utile si vous êtes séparés les uns des autres.

- Utilisez la langue des signes : si vous devez rester silencieux, utilisez la langue des signes pour communiquer entre vous.

- Évitez d'utiliser les téléphones portables : les réseaux de communication peuvent être perturbés pendant une attaque extraterrestre, il est donc préférable d'éviter d'utiliser les téléphones portables.

Une communication efficace peut aider à coordonner les efforts de défense et à assurer la sécurité de tous les membres du groupe.

Établissez des zones de protection :

Il est important de protéger les zones où vous vous trouvez. Si vous êtes dans un bâtiment, désignez des zones à sécuriser en cas d'attaque et préparez des barricades ou des pièges pour les extraterrestres. Si vous êtes en plein air, recherchez des zones sûres telles que des grottes ou des bâtiments abandonnés pour vous abriter.

Lors de l'établissement de zones de protection, il est important de prendre en compte plusieurs facteurs. Par exemple, il faut choisir des zones faciles à défendre avec une visibilité dégagée pour éviter les surprises et pouvoir repérer les extraterrestres à temps. Il est également important de choisir des zones qui offrent un accès facile à des ressources telles que de l'eau, de la nourriture et des médicaments.

Pour les bâtiments, il est recommandé de désigner des zones

de sécurité et de préparer des barricades à l'avance en utilisant des objets tels que des planches, des meubles et des sacs de sable. Si possible, utilisez des outils pour renforcer les portes et les fenêtres afin d'empêcher les extraterrestres d'entrer facilement.

Si vous êtes en plein air, cherchez des zones qui offrent une couverture naturelle, comme des rochers, des arbres ou des haies, et qui permettent une visibilité dégagée pour repérer les extraterrestres à temps. Si vous êtes en terrain découvert, cherchez des abris tels que des grottes, des bâtiments abandonnés ou des véhicules. Il est également important de choisir des zones qui offrent une certaine distance de sécurité pour éviter les attaques surprises.

Enfin, une fois que vous avez établi des zones de protection, il est important de les maintenir et de les protéger en permanence. Soyez vigilants et surveillez les environs en permanence, en particulier la nuit et pendant les périodes de repos. Faites des tours de garde pour vous assurer que les extraterrestres ne se sont pas infiltrés dans votre zone de sécurité.

Soyez prêt à porter secours :

Si l'un de vos coéquipiers est blessé, assurez-vous de le protéger et de lui fournir les soins nécessaires. Si possible, emmenez-le dans un endroit sûr où il pourra recevoir des soins médicaux.

Lors d'une attaque extraterrestre, il est important de ne pas oublier que la sécurité de chaque membre de l'équipe est essentielle. Si l'un de vos coéquipiers est blessé, vous devez être prêt à intervenir rapidement pour lui apporter une assistance médicale. Pour cela, il est important de former une équipe avec des compétences médicales, ou de prévoir un kit de premiers soins pour chaque membre de l'équipe.

Assurez-vous également de communiquer clairement avec votre équipe sur la manière de fournir une assistance médicale en cas de blessure. Cela peut inclure l'apprentissage des techniques de premiers secours de base telles que la compression des plaies, le bandage des blessures et la stabilisation des fractures.

En outre, il est important de disposer d'un plan d'évacuation en cas d'urgence médicale. Vous pouvez identifier à l'avance des zones sécurisées où vous pourrez transporter les membres de votre équipe blessés pour les soins médicaux nécessaires. En outre, vous pouvez identifier les membres de votre équipe qui peuvent transporter des blessés en toute sécurité et efficacement.

Il est essentiel de ne pas négliger la sécurité de vos coéquipiers et de prévoir les mesures nécessaires pour leur porter secours en cas de besoin.

Soyez prêt à fuir :

Enfin, soyez prêt à fuir si nécessaire. Si l'attaque est trop intense ou si vous n'êtes pas en mesure de vous défendre efficacement, il est préférable de fuir et de chercher un endroit sûr plutôt que de risquer d'être blessé ou capturé.

Lorsque vous vous préparez à fuir, il est important de savoir où vous allez. Identifiez à l'avance les zones de repli possibles, telles que des bâtiments abandonnés, des grottes ou des tunnels souterrains. Établissez un itinéraire de fuite et assurez-vous que tout le monde dans votre équipe le connaît. Si vous avez des véhicules, assurez-vous qu'ils sont prêts à être utilisés rapidement. Gardez à l'esprit que les extraterrestres peuvent être rapides et agiles, alors assurez-vous de ne pas laisser traîner votre équipement ou vos blessés derrière vous. En outre, il peut être utile d'avoir une réserve de nourriture, d'eau et de fournitures médicales dans votre zone de repli pour vous aider à survivre pendant un certain temps en cas de besoin.

Se battre en dernier recours :

Le combat ne devrait être votre dernier recours. Si vous le pouvez, évitez le combat et essayez de vous échapper. Si vous devez vous battre, essayez de vous retirer en sécurité dès que possible.

En effet, la confrontation directe avec les extraterrestres ne doit jamais être prise à la légère. Il est toujours préférable d'essayer de trouver des moyens pour éviter le combat, mais si cela est impossible, il est important de savoir comment se défendre.

Si vous êtes dans une situation où le combat est inévitable, essayez de créer une stratégie de défense efficace en travaillant en équipe et en utilisant tous les moyens à votre disposition. Utilisez des armes appropriées, des boucliers, des pièges et tout ce qui peut vous aider à repousser les extraterrestres.

Il est également important de savoir quand battre en retraite. Si vous êtes submergé par les extraterrestres et que la situation est désespérée, il est préférable de battre en retraite et de chercher un endroit plus sûr pour vous regrouper et réorganiser votre plan d'action.

Il est crucial de garder votre calme et de ne pas paniquer en situation de stress. Une attitude calme et concentrée peut faire la différence entre la vie et la mort dans ces situations extrêmes. Restez vigilant et prêt à agir en fonction de la situation pour maximiser vos chances de survie.

Lors d'une attaque extraterrestre, il est important de travailler en équipe, de se protéger mutuellement, de communiquer efficacement et de prendre des décisions rapides et intelligentes pour assurer la survie de tous.

Travailler en équipe peut être difficile dans des situations de stress, mais cela peut également augmenter vos chances de survie. Assurez-vous de communiquer efficacement avec votre équipe et de travailler ensemble pour atteindre vos objectifs.

Comment utiliser des armes improvisées et des tactiques de guérilla ?

Lors d'une attaque extraterrestre, il se peut que vous n'ayez pas accès à des armes conventionnelles, mais il existe des moyens d'utiliser des armes improvisées pour vous défendre. Les tactiques de guérilla peuvent également être utiles pour perturber les extraterrestres et les empêcher d'atteindre leur objectif.

Tout d'abord, les objets de la vie quotidienne peuvent être utilisés comme armes improvisées. Par exemple, une chaise peut être utilisée pour bloquer une porte ou comme un bouclier pour se protéger des attaques. Les outils tels que les tournevis et les marteaux peuvent être utilisés comme armes de poing. Les extincteurs peuvent être utilisés pour créer un écran de fumée ou pour projeter de la mousse sur les extraterrestres.

Ensuite, la tactique de guérilla consiste à harceler l'ennemi et à l'empêcher d'atteindre son objectif. Des attaques surprise peuvent être lancées contre les extraterrestres en utilisant des embuscades ou des attaques furtives. Les pièges peuvent être utilisés pour ralentir les extraterrestres ou pour les désorienter. Par exemple, des fils tendus peuvent être placés à hauteur des chevilles pour faire trébucher les extraterrestres, ou des leurres peuvent être utilisés pour les attirer dans une zone dangereuse.

Il est important de noter que l'utilisation d'armes improvisées et de tactiques de guérilla peut être dangereuse et doit être effectuée avec précaution. Il est également important de travailler en équipe et de communiquer efficacement pour éviter les accidents et les erreurs. Les armes improvisées et les tactiques de guérilla ne doivent être utilisées que comme dernier recours lorsque toutes les autres options ont échoué.

En résumé, l'utilisation d'armes improvisées et de tactiques de guérilla peut être une méthode efficace pour se défendre contre une attaque extraterrestre lorsque les armes conventionnelles ne sont pas disponibles. Il est important de connaître les objets du quotidien qui peuvent être utilisés comme armes improvisées et de travailler en équipe pour mettre en place des tactiques de guérilla efficaces. Cependant, ces méthodes ne doivent être utilisées que comme dernier recours et avec une grande prudence.

GARDER LE MORAL ET SE SOUTENIR MUTUELLEMENT

Comment rester positif dans des situations difficiles ?

Pendant une attaque d'extraterrestres, il peut être difficile de maintenir une attitude positive. Cependant, il est important de garder à l'esprit que la situation peut être surmontée et que votre attitude peut affecter celle des autres membres de votre équipe. Voici quelques stratégies pour maintenir un état d'esprit positif pendant une attaque extraterrestre :

Restez concentré sur les tâches à accomplir :

Pendant une attaque extraterrestre, il est facile de se sentir submergé par la peur et l'angoisse. Pour rester positif et concentré, il est important de se concentrer sur les tâches à accomplir. Par exemple, si vous travaillez à sécuriser une zone, concentrez-vous sur les actions que vous devez entreprendre pour y parvenir plutôt que sur les conséquences de l'attaque.

Vous pouvez également vous encourager les uns les autres à rester concentrés et à garder le moral. En vous concentrant sur les tâches à accomplir, vous pouvez éviter de vous laisser submerger par l'anxiété et la peur.

Il est important de garder à l'esprit que chacun a un rôle important à jouer pendant une attaque extraterrestre. En vous concentrant sur les tâches à accomplir, vous pouvez vous assurer que vous remplissez votre rôle au mieux de vos capacités. Cela peut vous aider à rester positif et à vous sentir utile dans une situation difficile.

Échangez des histoires et des blagues :

Le fait de partager des histoires et des blagues peut aider à alléger l'atmosphère et à réduire le stress. Cela peut également aider à renforcer la cohésion et la confiance au sein de votre équipe.

L'échange d'histoires et de blagues peut être une manière efficace de réduire le stress et de maintenir une attitude positive en période de crise. Les histoires et les blagues peuvent servir d'outil pour rompre la monotonie, briser la glace, et détendre l'atmosphère. Ils peuvent également aider à encourager la communication et la collaboration au sein de l'équipe.

Il est important de choisir des histoires et des blagues appropriées à la situation. Évitez les blagues offensantes ou qui pourraient causer plus de stress, de tension ou de divisions dans le groupe. Cherchez des blagues qui peuvent être comprises par tous les membres de l'équipe et qui peuvent être racontées sans provoquer de malaise.

Les histoires et les blagues peuvent également être utilisées comme un moyen de partager des expériences, de renforcer la confiance et la cohésion de l'équipe. En partageant des histoires drôles ou intéressantes sur leurs vies, leurs hobbies ou leurs expériences, les membres de l'équipe peuvent mieux comprendre et apprécier les uns les autres. Cela peut également aider à créer un environnement plus détendu et plus confiant, qui peut améliorer l'efficacité et l'efficience de l'équipe pendant une attaque extraterrestre.

En fin de compte, l'humour et les histoires ne doivent pas être utilisés pour minimiser ou ignorer la gravité de la situation, mais plutôt pour aider à maintenir une attitude positive et constructive face à l'adversité.

Encouragez-vous mutuellement :

Encourager les membres de son équipe peut être extrêmement important pour maintenir le moral élevé pendant une situation stressante comme une attaque extraterrestre. Cela peut aider à renforcer la confiance de chacun en ses capacités, à augmenter la coopération et à maintenir l'esprit d'équipe.

Il peut être utile de rappeler à chacun leur rôle et leur importance dans la situation. Par exemple, si un membre de l'équipe est responsable de la sécurité de l'entrée principale, il est important de lui rappeler combien sa présence est cruciale pour protéger l'équipe. Répéter des phrases positives peut également être très efficace. Des phrases simples comme "Nous pouvons le faire" ou "Nous sommes une équipe forte" peuvent aider à maintenir le moral et à augmenter la confiance de chacun en leurs capacités.

Il est également important d'encourager les membres de l'équipe à rester concentrés sur leurs tâches. Il peut être facile de se laisser distraire par les événements stressants et de perdre de vue les objectifs à long terme, mais encourager les membres de l'équipe à se concentrer sur les tâches immédiates peut aider à maintenir la cohésion et à éviter les erreurs coûteuses.

Enfin, il est important de reconnaître les efforts individuels et collectifs. Cela peut prendre la forme de simples remerciements ou d'un retour d'information plus détaillé sur le travail effectué. Reconnaître et célébrer les réalisations peut aider à renforcer la confiance et à maintenir l'esprit d'équipe en période de stress.

Prenez des pauses :

Lorsque vous êtes confronté à une situation stressante comme une attaque extraterrestre, il est important de prendre des pauses régulières pour vous ressourcer. Cela vous permettra de vous détendre et de maintenir un état d'esprit positif.

Il peut être difficile de prendre des pauses dans une situation d'urgence, mais il est important de trouver un moment pour se reposer et se régénérer. Cela peut être aussi simple que de prendre quelques minutes pour fermer les yeux et respirer profondément, ou de faire quelques étirements pour relâcher la tension musculaire.

Il est également important de ne pas oublier de manger et de boire régulièrement pour maintenir votre niveau d'énergie. Si possible, essayez de planifier à l'avance des moments de pause pour que chacun puisse se reposer à tour de rôle et ainsi éviter l'épuisement de tous les membres de l'équipe en même temps.

Enfin, prenez en compte que même si des pauses régulières sont importantes pour maintenir un état d'esprit positif, cela ne doit pas se faire au détriment de l'efficacité et de la sécurité de votre équipe. Il est donc essentiel de trouver le bon équilibre entre la prise de pauses et la nécessité de rester vigilant et réactif face à la situation.

Soyez reconnaissant :

Prenez le temps de réfléchir aux choses positives, même dans une situation difficile. Cela peut inclure des choses telles que le soutien de votre équipe ou le fait que vous ayez réussi à accomplir une tâche difficile.

Être reconnaissant envers les choses positives dans une situation difficile peut aider à maintenir un état d'esprit positif et à augmenter la résilience. Cela peut également aider à renforcer la cohésion de l'équipe et à augmenter la motivation. Par exemple, si votre équipe a réussi à sécuriser une zone, prenez le temps de reconnaître l'importance de cette réalisation et de célébrer la victoire avec vos coéquipiers. Cela peut aider à renforcer la confiance et la camaraderie au sein de l'équipe.

De plus, la gratitude peut aider à mettre en perspective la situation et à se concentrer sur les aspects positifs plutôt que sur les aspects négatifs. Par exemple, si vous êtes confronté à une attaque extraterrestre, vous pouvez être reconnaissant pour le fait que vous êtes en vie, que vous avez une équipe solide pour vous soutenir et que vous êtes capable de vous défendre contre l'attaque. Se concentrer sur ces aspects positifs peut aider à maintenir un état d'esprit positif et à augmenter la motivation pour faire face à la situation difficile.

Il peut être utile de se rappeler que l'attaque extraterrestre n'est pas éternelle et qu'elle finira par se terminer. En gardant cela à l'esprit, vous pouvez maintenir un sentiment de perspective et éviter de vous laisser submerger par le stress.

En résumé, pour maintenir un état d'esprit positif pendant une attaque extraterrestre, il est important de se concentrer sur les tâches à accomplir, de partager des histoires et des blagues, de s'encourager mutuellement, de prendre des pauses régulières et de se concentrer sur les aspects positifs de la situation.

Comment créer un réseau de soutien et d'entraide ?

Lors d'une situation difficile telle qu'une attaque d'extraterrestres, il est important de créer un réseau de soutien et d'entraide pour renforcer la résilience et la survie de tous. Voici quelques conseils pour y parvenir :

Trouvez des alliés :

Identifiez des personnes qui partagent vos préoccupations et vos objectifs communs. Cela peut inclure vos voisins, vos collègues ou même des inconnus que vous rencontrez lors de la situation. Échangez vos numéros de téléphone et d'autres coordonnées afin de pouvoir rester en contact en cas d'urgence.

Créez un groupe de discussion :

Utilisez des applications de messagerie instantanée telles que WhatsApp, Signal ou Telegram pour créer un groupe de discussion où vous pouvez partager des informations et des mises à jour en temps réel. Veillez à inclure les membres de votre famille, vos amis, vos voisins et vos collègues.

Partagez les tâches :

Distribuez les tâches en fonction des compétences et des disponibilités de chacun. Par exemple, certains membres peuvent être responsables de la sécurité de la zone, tandis que d'autres peuvent être chargés de la collecte de nourriture et d'eau. Assurez-vous que chaque personne est informée de ses responsabilités.

Échangez des ressources :

Si vous avez des ressources telles que de la nourriture, de l'eau ou des médicaments, partagez-les avec les membres de votre groupe de soutien. En retour, ils peuvent également partager leurs ressources avec vous. Cela peut aider à garantir que tout le monde dispose des éléments nécessaires pour survivre.

Organisez des rencontres régulières :

Organisez des rencontres régulières pour discuter de la situation et des mesures à prendre. Cela peut aider à renforcer les liens entre les membres du groupe et à maintenir un état d'esprit positif.

En créant un réseau de soutien et d'entraide solide, vous pouvez vous assurer que vous n'êtes pas seul dans cette situation difficile et que vous pouvez travailler ensemble pour assurer votre survie.

Vous pouvez ainsi partager des informations importantes telles que les zones sûres, les ressources alimentaires et médicales, ainsi que les meilleures pratiques pour éviter les dangers. De plus, vous pouvez vous soutenir mutuellement en échangeant des messages d'encouragement et en partageant des histoires positives.

En cas d'urgence, il est important de disposer d'un plan d'évacuation et de savoir comment vous allez vous échapper en toute sécurité. Assurez-vous de discuter de votre plan d'évacuation avec votre réseau de soutien et d'entraide afin que tout le monde soit sur la même longueur d'onde et que vous puissiez vous entraider en cas de besoin.

Enfin, il est important de ne pas sous-estimer l'importance de l'empathie et de l'entraide. En étant solidaire avec les autres, vous pouvez créer un environnement plus sûr et plus positif pour vous-même et pour les autres.

Comment s'occuper et se distraire avec des activités créatives ?

Lors d'une situation difficile comme une attaque d'extraterrestres, il peut être difficile de rester calme et concentré. Pour vous distraire et vous occuper, voici quelques activités créatives à envisager :

Dessiner ou peindre :

Dessiner ou peindre peut être une activité créative très thérapeutique pour s'occuper et se distraire pendant une attaque extraterrestre. Si vous avez des fournitures d'art, vous pouvez utiliser des crayons, des feutres, des pastels ou de la peinture pour créer des images. Mais même si vous n'avez pas d'outils spécifiques, vous pouvez utiliser tout ce que vous avez sous la main, comme des crayons ordinaires, des stylos, du maquillage, ou même du café ou du thé pour créer des dessins et des peintures.

Une autre idée est de faire de l'origami, qui est l'art de plier du papier pour créer des formes. Tout ce dont vous avez besoin est une feuille de papier et des instructions simples. Vous pouvez trouver des instructions en ligne ou dans des livres d'art pour débutants. Faire de l'origami peut être très relaxant et satisfaisant, car cela nécessite de la concentration et de la précision.

Écrire :

L'écriture est une activité créative accessible à tous, car elle ne nécessite pas beaucoup de matériel et peut être pratiquée n'importe où. L'écriture peut être une façon de faire sortir vos émotions et de vous distraire de la situation.Voici quelques exemples d'écriture qui pourraient vous aider à vous distraire et à vous exprimer pendant une situation stressante :

- Un journal intime : Écrire dans un journal peut vous aider à mettre de l'ordre dans vos pensées et à vous débarrasser de tout ce qui vous pèse. Vous pouvez écrire ce que vous ressentez, décrire ce qui se passe autour de vous ou simplement raconter votre journée.

- Des poèmes : Écrire de la poésie peut être une façon de vous exprimer de manière créative et de libérer vos émotions. Vous n'avez pas besoin d'être un poète chevronné pour écrire un poème. Vous pouvez simplement écrire ce que vous ressentez et essayer de mettre ces émotions en mots.

- Des histoires fictives : Si vous avez l'imagination fertile, vous pouvez vous distraire en écrivant des histoires fictives. Vous pouvez vous inspirer de votre environnement ou créer des mondes complètement imaginaires. L'écriture d'histoires peut vous aider à vous évader de la situation et à vous concentrer sur quelque chose de positif.

- Des lettres : Écrire une lettre à quelqu'un que vous aimez ou à quelqu'un qui vous manque peut vous aider à vous sentir plus connecté à cette personne. Vous pouvez écrire sur vos sentiments et vos pensées, ou simplement raconter ce qui se passe autour de vous.

- Des listes : Écrire des listes peut sembler banal, mais cela peut être une façon efficace de vous concentrer sur quelque chose de concret. Vous pouvez écrire une liste de choses pour lesquelles vous êtes reconnaissant, une liste de vos objectifs à long terme, ou même une liste de choses que vous voulez faire une fois que la situation sera résolue.

Jouer de la musique :

Si vous avez un instrument de musique, jouez quelques notes pour vous détendre et vous concentrer sur autre chose que l'attaque. Si vous n'avez pas d'instrument, chantez simplement votre chanson préférée.

Jouer de la musique est une activité créative qui peut être très bénéfique pour soulager le stress et l'anxiété. Si vous êtes musicien, prendre votre instrument et jouer quelques notes ou même composer une nouvelle chanson peut être un excellent moyen de vous détendre et de vous concentrer sur autre chose que la situation stressante en cours. Si vous n'avez pas d'instrument à portée de main, vous pouvez simplement chanter votre chanson préférée à tue-tête ou même créer des rythmes en tapant sur des objets ménagers comme des casseroles ou des boîtes. Il existe également de nombreuses applications et sites Web qui vous permettent de jouer de la musique virtuellement sur votre ordinateur ou votre téléphone, même si vous n'avez pas d'instrument physique.

En jouant de la musique, vous pouvez également exprimer vos émotions de manière créative, ce qui peut être très utile pour libérer le stress et l'anxiété. Que vous soyez triste, en colère, frustré ou heureux, la musique peut vous aider à exprimer vos sentiments de manière non verbale et à vous sentir plus détendu. De plus, jouer de la musique avec d'autres personnes peut être une excellente façon de se connecter et de renforcer les liens sociaux, ce qui est particulièrement important pendant une période difficile comme une attaque extraterrestre.

Faire du bricolage :

Utilisez des objets que vous avez à portée de main pour créer quelque chose de nouveau. Vous pouvez créer des bijoux, des décorations ou même des jouets pour les enfants.

Faire du bricolage peut être une activité créative et distrayante pendant une situation difficile telle qu'une attaque extraterrestre. Vous pouvez utiliser des objets que vous avez à portée de main pour créer quelque chose de nouveau et occuper votre esprit. Par exemple, vous pouvez récupérer des bouteilles en plastique et les transformer en vase, utiliser des bâtons de glace pour créer un cadre photo, ou encore, utiliser des vieux vêtements pour créer un sac en tissu.

Vous pouvez également utiliser des outils pour le bricolage si vous en avez, tels que des ciseaux, des pinces, des aiguilles et du fil. Si vous avez accès à une boîte à outils, vous pouvez créer quelque chose de plus complexe, comme un meuble en bois ou une étagère. Si vous n'avez pas d'outils à portée de main, essayez de trouver des objets que vous pouvez utiliser comme outils de remplacement, tels que des clés ou des pinces à cheveux.

Cela peut également renforcer les liens entre les membres du groupe et les aider à se sentir moins isolés ou anxieux pendant la situation difficile.

Faire de l'exercice :

Faire de l'exercice peut aider à libérer des endorphines et à réduire le stress pendant une situation particulièrement stressante telle qu'une attaque extraterrestre peut aider à maintenir un état d'esprit positif et à se distraire de la situation. Il n'est pas nécessaire d'avoir du matériel d'exercice sophistiqué, il suffit de trouver un endroit sûr pour faire quelques mouvements. Les exercices de yoga sont également excellents pour se concentrer sur sa respiration et calmer l'esprit.

Voici quelques exemples d'exercices que vous pouvez faire :
- Les pompes : elles sont excellentes pour renforcer les bras et la poitrine. Commencez par quelques séries de 10 ou 15 pompes, puis augmentez progressivement le nombre de répétitions.
- Les squats : ils renforcent les jambes et les fessiers. Tenez-vous debout, les pieds écartés à la largeur des épaules et fléchissez les genoux pour vous asseoir sur une chaise imaginaire. Répétez l'exercice plusieurs fois.
- Les étirements : ils aident à maintenir la souplesse et la flexibilité. Essayez de toucher vos orteils en vous tenant debout, ou faites des étirements pour vos bras et vos épaules.

En plus de ces exercices, vous pouvez également faire de la marche à pied ou de la course si la situation le permet. Cela peut être une bonne façon de libérer votre stress et de rester en forme.

Cuisiner :

Essayez de cuisiner un nouveau plat avec les ingrédients que vous avez sous la main. Non seulement cela vous occupera, mais cela vous permettra également de vous nourrir.

La cuisine peut être une activité créative et relaxante qui peut aider à distraire votre esprit pendant une situation stressante comme une attaque extraterrestre. Vous pouvez essayer de cuisiner un nouveau plat avec les ingrédients que vous avez sous la main ou vous pouvez faire quelque chose de simple comme des sandwichs ou des salades. Si vous avez des enfants avec vous, impliquez-les dans la préparation de la nourriture pour les occuper et les aider à se sentir utiles. Vous pouvez également essayer de faire des biscuits ou des gâteaux si vous avez des ingrédients de base tels que de la farine, du sucre et des œufs.

Une autre façon de faire de la cuisine pendant une attaque extraterrestre est de faire des conserves. Si vous avez des légumes ou des fruits frais qui risquent de pourrir, essayez de les conserver en les faisant cuire avec du vinaigre et du sucre. Vous pouvez ensuite les stocker dans des bocaux en verre pour les conserver plus longtemps. Cette activité peut être une bonne façon de passer le temps et de s'assurer que vous avez suffisamment de nourriture pour durer pendant la durée de l'attaque.

Enfin, si vous avez des restrictions alimentaires, utilisez ce temps pour explorer des alternatives créatives et préparer des repas adaptés à vos besoins. En utilisant votre créativité en cuisine, vous pouvez non seulement vous distraire, mais aussi maintenir une alimentation saine pendant cette période difficile.

Il est important de se rappeler que ces activités sont destinées à vous distraire et à vous occuper, et non à vous faire oublier la situation. Il est également important de suivre les instructions et les protocoles de sécurité en vigueur pour rester en sécurité pendant l'attaque.

ÉTABLIR UNE COMMUNICATION AVEC LES AUTRES SURVIVANTS

Comment établir une communication sans se faire repérer ?

Pendant une attaque d'extraterrestres, il est essentiel de pouvoir communiquer avec d'autres survivants pour partager des informations, échanger des conseils et travailler ensemble pour survivre. Cependant, il est également important de le faire sans se faire repérer par les envahisseurs. Voici quelques conseils pour établir une communication discrète :

Utiliser des codes :

Etablissez un système de codes pour communiquer avec d'autres survivants sans attirer l'attention des extraterrestres. Par exemple, convenez que deux coups de sifflet signifient "Je suis en danger", ou que trois coups de feu signifient "Je suis en sécurité".

L'utilisation de codes peut être très utile pour communiquer avec d'autres survivants sans risquer d'être repéré par les extraterrestres. Il est important de convenir d'un système de codes simple et facile à comprendre pour tous les membres du groupe. Voici quelques exemples supplémentaires de codes que vous pourriez utiliser :

- Utilisez une combinaison de couleurs pour indiquer votre position ou celle d'un objet. Par exemple, le rouge pourrait signifier "danger", le vert "sécurité" et le jaune "attention".

- Utilisez un langage des signes simple pour communiquer sans faire de bruit. Par exemple, vous pourriez convenir que lever le pouce signifie "OK" ou que faire un geste de la main signifie "attendez".

- Utilisez des symboles pour communiquer des informations. Par exemple, vous pourriez convenir que dessiner un cercle signifie "besoin d'aide" ou que dessiner une flèche signifie "direction".

Il est important de rappeler que les codes ne doivent être connus que par les membres de votre groupe. Assurez-vous que tout le monde sait comment les utiliser et qu'il n'y a pas de confusion ou de malentendus.

Utiliser des signaux lumineux :

Si vous pouvez voir d'autres survivants dans la distance, utilisez des signaux lumineux pour communiquer avec eux. Les signaux lumineux peuvent être très utiles pour communiquer sans se faire repérer par les extraterrestres.

Voici quelques exemples supplémentaires de signaux lumineux que vous pouvez utiliser :

- Utilisez une lampe de poche pour envoyer des messages en morse. Vous pouvez trouver une liste de codes en morse en ligne pour vous aider à communiquer avec d'autres survivants. Par exemple, vous pouvez envoyer "SOS" pour signaler que vous êtes en danger ou "OK" pour dire que tout va bien.

- Si vous êtes près de la mer, utilisez des signaux avec des miroirs pour communiquer. Tenez un miroir à la main et inclinez-le pour réfléchir la lumière du soleil vers la personne que vous souhaitez contacter. Ensuite, utilisez des mouvements pour envoyer votre message. Par exemple, un mouvement de balayage peut signifier "Je suis ici", tandis que des mouvements plus lents peuvent représenter une lettre ou un chiffre.

- Utilisez des feux de camp pour envoyer des signaux à distance. Allumez et éteignez les flammes en utilisant un motif qui a été convenu avec d'autres survivants. Par exemple, deux coups rapides suivis d'une pause pourraient signifier "Nous avons besoin d'aide", tandis qu'un signal régulier et constant pourrait signifier "Nous sommes en sécurité ici".

Il est important de convenir d'un système de communication avec d'autres survivants avant qu'une attaque extraterrestre ne se produise. En planifiant à l'avance, vous pouvez vous assurer que vous serez en mesure de communiquer efficacement et en toute sécurité en cas de besoin.

Utiliser des messagers :

Désignez des messagers pour transmettre des informations entre différents groupes de survivants.

Lorsqu'il s'agit de communiquer avec d'autres survivants pendant une attaque extraterrestre, utiliser des messagers peut être un moyen efficace de transmettre des informations sans alerter les extraterrestres. Les messagers sont des personnes de confiance désignées pour transmettre des messages entre différents groupes de survivants. Cela peut être particulièrement utile lorsque les groupes sont éloignés les uns des autres et que la communication directe n'est pas possible.

Pour que les messagers soient efficaces, il est important qu'ils soient discrets et bien informés. Ils doivent comprendre l'importance de transmettre les informations de manière précise et ne pas les divulguer à d'autres personnes. Il peut également être utile d'avoir un système de chiffrement pour les messages afin de garantir que seuls les destinataires prévus puissent comprendre le contenu.

Il est important de désigner des messagers fiables et de les entraîner à transmettre des informations précises. Les messagers doivent être capables de naviguer en toute sécurité entre différents groupes de survivants sans se faire remarquer par les extraterrestres ou d'autres menaces. Ils doivent également être en mesure de reconnaître les signes de danger et de savoir comment agir en cas d'urgence.

Un exemple concret de l'utilisation de messagers pourrait être un groupe de survivants qui se trouvent dans une ville, tandis qu'un autre groupe est caché dans une forêt à proximité. Les messagers seraient alors utilisés pour transmettre des informations vitales entre les deux groupes, telles que la position des extraterrestres et les ressources disponibles. De cette manière, les survivants peuvent coopérer efficacement sans se mettre en danger inutilement.

Utiliser des messagers peut donc être une méthode efficace pour établir une communication fiable entre différents groupes de survivants pendant une attaque extraterrestre. Les messagers doivent être bien entraînés et fiables pour transmettre les informations de manière précise et discrète.

Éviter les appareils électroniques :

L'utilisation d'appareils électroniques peut être dangereuse lors de la communication avec d'autres survivants pendant une attaque extraterrestre. Les extraterrestres ont souvent des capacités technologiques supérieures à celles des humains, ce qui leur permet de détecter facilement les appareils électroniques, tels que les téléphones portables et les radios. Par conséquent, l'utilisation de ces appareils peut exposer votre position et celle de vos alliés, ce qui peut augmenter le risque d'être capturé ou tué.

Au lieu d'utiliser des appareils électroniques, il est préférable d'utiliser des méthodes manuelles pour communiquer avec d'autres survivants. L'écriture de notes est une méthode simple mais efficace pour communiquer des informations sans attirer l'attention des extraterrestres. Il peut être utile de préparer des notes à l'avance avec des messages clés, tels que des instructions sur la façon de se déplacer en toute sécurité ou des informations sur les ressources disponibles.

L'utilisation de signaux manuels peut également être efficace. Les signaux manuels sont des gestes ou des mouvements des mains qui ont des significations spécifiques. Par exemple, vous pouvez convenir que lever votre main droite signifie «tout va bien» ou que pointer vers le nord signifie «aller dans cette direction». Il est important de s'entraîner à ces signaux à l'avance pour éviter toute confusion lorsqu'ils sont utilisés dans des situations de stress.

En somme, éviter l'utilisation d'appareils électroniques et opter pour des méthodes manuelles peut aider à assurer la sécurité et la discrétion lors de la communication avec d'autres survivants pendant une attaque extraterrestre.

Utiliser la nature :

L'utilisation de la nature pour communiquer discrètement peut être très efficace lorsqu'on essaie d'éviter la détection des extraterrestres. Voici quelques exemples supplémentaires :

- Utilisez des pierres ou des branches pour créer des flèches qui indiquent la direction d'un lieu sûr ou d'une source de nourriture.

- Disposez des rochers de manière à créer des symboles ou des lettres qui ont un sens pour d'autres survivants (par exemple, une croix pour indiquer un point de rendez-vous).

- Utilisez des pierres ou des branches pour créer des piles ou des tas qui représentent des nombres ou des messages en code.

- Utilisez des signaux sonores naturels, tels que des cris d'oiseaux ou des bruits d'animaux, pour transmettre des informations simples à d'autres survivants.

Il est important de se rappeler que ces méthodes de communication sont des moyens discrets et doivent être utilisées avec précaution pour éviter d'attirer l'attention des extraterrestres. Il est également important de s'assurer que les autres survivants connaissent les codes et les méthodes de communication avant d'essayer de les utiliser.

En résumé, la communication est essentielle pour survivre à une attaque d'extraterrestres, mais il est important de le faire de manière discrète pour éviter d'être repéré. Utilisez des codes, des signaux lumineux, des messagers, des méthodes manuelles et la nature pour communiquer avec d'autres survivants en toute sécurité.

Comment créer des réseaux de communication fiables ?

Lors d'une attaque extraterrestre, il est crucial de créer des réseaux de communication fiables pour assurer la survie des groupes de survivants. Voici quelques conseils pour créer un réseau de communication fiable :

Déterminez les leaders :

Dans chaque groupe de survivants, il est important de désigner un leader capable de prendre des décisions rapides et efficaces. Ces leaders peuvent alors établir une communication régulière avec les autres leaders de différents groupes pour échanger des informations et prendre des décisions ensemble.

Dans un contexte de survie en cas d'attaque extraterrestre, il est crucial de désigner des leaders pour chaque groupe de survivants. Ces leaders doivent être des personnes compétentes et capables de prendre des décisions rapides et efficaces pour protéger le groupe.

Une fois les leaders désignés, il est important de mettre en place une communication régulière entre eux pour échanger des informations et prendre des décisions ensemble. Cela peut être fait en utilisant les méthodes de communication mentionnées précédemment, telles que les signaux lumineux, les messagers ou les codes.

Il est également important que chaque leader connaisse les compétences et les ressources de chaque groupe de survivants. Cela permettra une meilleure collaboration entre les différents groupes en cas de besoin. Par exemple, si un groupe a des compétences en médecine, il peut aider les autres groupes en cas de blessure ou de maladie.

Il est également important de nommer des remplaçants pour les leaders en cas d'urgence ou de leur absence. Les remplaçants doivent être formés et informés des plans de communication et de survie pour maintenir la stabilité du groupe.

En résumé, pour créer des réseaux de communication fiables entre les différents groupes de survivants, il est important de désigner des leaders compétents, de mettre en place une communication régulière entre eux, de connaître les compétences et les ressources de chaque groupe, de nommer des remplaçants pour les leaders et de former les remplaçants aux plans de communication et de survie.

Établissez des points de rendez-vous :

Il est important d'établir des points de rendez-vous sécurisés pour les groupes de survivants afin qu'ils puissent se rencontrer et échanger des informations en toute sécurité. Ces points de rendez-vous doivent être facilement accessibles et connus de tous les membres du groupe.

Pour établir des points de rendez-vous, il est important de trouver des endroits discrets et sûrs, qui ne peuvent pas être facilement détectés par les extraterrestres. Les points de rendez-vous doivent être bien éclairés et facilement repérables, mais ils ne doivent pas être trop éloignés les uns des autres, au cas où les survivants devraient se déplacer rapidement.

Par exemple, les points de rendez-vous peuvent être établis dans des parcs, des forêts ou d'autres zones naturelles, loin des bâtiments et des zones urbaines. Les survivants peuvent également utiliser des points de référence tels que des bâtiments abandonnés ou des ruines pour déterminer les points de rendez-vous.

Il est également important de communiquer les points de rendez-vous clairement à tous les membres du groupe et de les réviser régulièrement en cas de changements. Les points de rendez-vous doivent être mis à jour régulièrement en fonction des mouvements des extraterrestres ou de tout autre facteur qui pourrait affecter la sécurité des survivants.

Enfin, il est important de prévoir des mesures de sécurité supplémentaires pour les points de rendez-vous, comme la désignation de gardes ou la surveillance régulière de la zone pour éviter toute intrusion.

Utilisez des moyens de communication à longue portée :

L'utilisation de moyens de communication à longue portée est très importante pour établir un réseau de communication fiable et efficace. Les radios à ondes courtes sont un exemple de moyen de communication à longue portée qui peut être utilisé pour communiquer avec d'autres groupes de survivants situés à une distance considérable. Les radios à ondes courtes sont souvent utilisées par les passionnés de l'exploration en plein air et sont conçues pour fonctionner dans des conditions difficiles.

Les téléphones satellite sont un autre exemple de moyen de communication à longue portée. Les téléphones satellite fonctionnent en utilisant des satellites pour transmettre des signaux radio. Ils peuvent être utilisés pratiquement partout dans le monde, ce qui en fait un choix idéal pour les groupes de survivants qui se déplacent souvent. Les téléphones satellite sont généralement plus chers que les radios à ondes courtes, mais ils offrent une meilleure qualité de communication et une plus grande portée.

Il est important de noter que les moyens de communication à longue portée peuvent être détectés par les extraterrestres, il est donc important d'utiliser ces moyens de communication avec précaution. Il est recommandé de limiter l'utilisation de ces moyens de communication aux communications importantes et de ne pas les utiliser à des fins de communication quotidienne.

Utilisez des codes :

L'utilisation de codes est une méthode efficace pour communiquer de manière discrète et sûre avec d'autres groupes de survivants pendant une attaque extraterrestre. Ces codes peuvent être utilisés pour transmettre des informations sensibles telles que les lieux de rassemblement, les cachettes, les zones de danger et les ressources.

Il est important que les codes soient clairs et simples, de sorte que tous les membres du groupe puissent les comprendre facilement. Les codes peuvent prendre différentes formes, comme des signaux lumineux, des symboles, des lettres ou des chiffres, en fonction de la situation et de l'environnement. Par exemple, si les extraterrestres sont capables de capter les ondes radio, les groupes de survivants peuvent utiliser des codes morse ou des codes numériques pour transmettre des messages via des radios à longue portée. Les groupes peuvent également utiliser des signaux de fumée pour communiquer à distance, en utilisant des codes préétablis pour transmettre des messages simples tels que "OK" ou "besoin d'aide".

Les codes doivent être utilisés de manière cohérente et doivent être connus de tous les membres du groupe pour éviter toute confusion. Il est également important de changer régulièrement les codes pour éviter d'être détecté par les extraterrestres qui pourraient être en mesure de décrypter les messages.

Par conséquent, l'utilisation de codes est une méthode efficace pour communiquer de manière discrète et sûre avec d'autres groupes de survivants pendant une attaque extraterrestre. Les codes doivent être simples, clairs et cohérents, et être connus de tous les membres du groupe pour assurer une communication efficace.

Planifiez régulièrement des réunions :

Planifier des réunions régulières est un élément clé pour maintenir un réseau de communication fiable entre les groupes de survivants pendant une attaque extraterrestre. Cela permet de s'assurer que tous les membres du groupe sont informés des derniers développements et des changements de situation, et de discuter des mesures à prendre pour assurer leur survie. Les réunions peuvent être organisées de différentes manières en fonction des circonstances.

Par exemple, les réunions peuvent être organisées en

personne dans des endroits sûrs et isolés. Cela peut inclure des bunkers ou des abris souterrains spécialement conçus pour la sécurité en cas d'attaque extraterrestre. Les réunions en personne peuvent également être organisées dans des zones isolées de la nature, où les risques de détection sont faibles. Dans ces cas, il est important de s'assurer que tous les membres du groupe savent où se trouve le point de rencontre et comment y accéder en toute sécurité.

Si les conditions ne permettent pas de se rencontrer en personne, les réunions peuvent également être organisées en ligne ou via des moyens de communication à distance, tels que des appels téléphoniques ou des vidéoconférences. Ces moyens de communication sont particulièrement utiles lorsque les membres du groupe sont dispersés sur de longues distances. Il est important de s'assurer que tous les membres du groupe ont accès aux technologies nécessaires pour participer à ces réunions, et que des sauvegardes sont en place pour garantir que la communication ne sera pas interrompue.

Enfin, pour maintenir l'efficacité des réunions, il est important d'établir un ordre du jour clair pour chaque réunion et de respecter les délais impartis. Les réunions doivent être structurées de manière à permettre à chaque membre de s'exprimer et de partager des informations importantes. Des notes doivent être prises pendant la réunion pour s'assurer que toutes les décisions prises et les informations partagées sont enregistrées pour référence future.

En résumé, pour créer un réseau de communication fiable

pendant une attaque extraterrestre, il est important de désigner des leaders, d'établir des points de rendez-vous, d'utiliser des moyens de communication à longue portée, d'utiliser des codes clairs et simples, et de planifier régulièrement des réunions entre les groupes de survivants.

Comment éviter les pièges des faux alliés et des traîtres ?

Pendant une attaque extraterrestre, il est essentiel pour les groupes de survivants de se méfier des faux alliés et des traîtres, qui peuvent être des membres du groupe ou des personnes extérieures qui cherchent à infiltrer le groupe pour leur propre bénéfice. Pour éviter les pièges, il est important de prendre les mesures suivantes :

Établissez des critères stricts pour l'admission dans le groupe :

Avant d'admettre de nouveaux membres dans le groupe, il est important de vérifier leur identité et leur historique de manière approfondie. Des critères stricts doivent être établis pour l'admission, tels que des antécédents criminels, des liens avec des ennemis potentiels ou une attitude générale suspecte.

Lors de l'établissement de critères d'admission, il est également important de prendre en compte les compétences et les connaissances que les nouveaux membres peuvent apporter au groupe. Par exemple, un médecin ou un ingénieur pourrait être extrêmement précieux pour le groupe dans des situations de survie. Cependant, il est également important de vérifier leur loyauté et leur intention de travailler avec le groupe pour le bien commun plutôt que pour leur propre intérêt.

En plus de la vérification des antécédents et des compétences, il peut être judicieux de faire passer des tests d'aptitude aux nouveaux membres. Ces tests pourraient inclure des questions de survie, des simulations de situations de danger et d'autres évaluations pour s'assurer que les nouveaux membres ont les compétences nécessaires pour survivre dans des conditions difficiles et qu'ils peuvent travailler efficacement avec les membres actuels du groupe.

Il est également important de noter que l'admission de nouveaux membres ne doit pas être une décision prise à la légère. La taille du groupe doit être maintenue à un niveau gérable pour que les membres puissent travailler efficacement ensemble et que les ressources puissent être partagées équitablement. Il peut également être utile de déterminer à l'avance le nombre maximum de membres que le groupe peut accueillir afin de ne pas surcharger le groupe et de réduire la capacité de survie de chacun.

Surveillez les membres du groupe :

Pour surveiller les membres du groupe, il est important de mettre en place un système de surveillance discret pour détecter les signes de trahison. Par exemple, un membre du groupe peut être chargé de surveiller discrètement les conversations et les activités des autres membres du groupe et de signaler tout comportement suspect.

Il peut également être utile d'établir des contacts avec des membres du groupe pour détecter les signes de trahison. Par exemple, les membres du groupe peuvent être encouragés à signaler tout comportement suspect ou toute activité qui pourrait mettre en danger le groupe.

Il est important de noter que la surveillance doit être effectuée de manière discrète pour éviter de créer des tensions au sein du groupe et de provoquer des accusations injustes. Il est également important de prendre en compte le fait que certaines personnes peuvent être des traîtres involontaires, c'est-à-dire qu'elles peuvent accidentellement révéler des informations sensibles sans s'en rendre compte.

Pour minimiser les risques de trahison, il est également important de communiquer clairement les règles et les objectifs du groupe à tous les membres. Les membres du groupe doivent comprendre l'importance de la loyauté et de la confiance mutuelle pour assurer la survie du groupe. Les membres doivent également être encouragés à signaler tout comportement suspect ou toute activité qui pourrait mettre en danger le groupe.

Enfin, il est important de noter que même les groupes les mieux organisés et les plus disciplinés peuvent être infiltrés par des traîtres. Par conséquent, il est important de rester vigilant et de surveiller en permanence les membres du groupe pour détecter tout comportement suspect.

Évitez de partager des informations sensibles :

Il est important de ne partager des informations sensibles qu'avec les membres les plus fiables du groupe, ceux qui ont été testés et ont prouvé leur loyauté. Les informations sur les points de rendez-vous, les plans de défense, les sources d'approvisionnement et les moyens de communication doivent être gardées secrètes et partagées avec prudence.

Pour éviter de partager des informations sensibles, il est important de mettre en place une hiérarchie au sein du groupe. Les informations les plus importantes doivent être connues uniquement des membres les plus fiables, tels que le leader du groupe et ses lieutenants. Ces membres doivent avoir une formation adéquate pour comprendre la nature de l'information et la garder secrète.

Il est également important de suivre un code de conduite strict au sein du groupe. Les membres doivent être conscients des conséquences de la divulgation d'informations sensibles et doivent être encouragés à rapporter tout comportement suspect. Des sanctions appropriées doivent être mises en place pour ceux qui violent le code de conduite, telles que l'exclusion du groupe ou la restriction de l'accès à certaines informations.

Il est important de limiter l'accès aux informations sensibles. Par exemple, les plans de défense et les informations sur les sources d'approvisionnement doivent être stockés dans des endroits sécurisés, tels que des coffres-forts ou des entrepôts fermés à clé. Les moyens de communication tels que les radios doivent être gardés en sécurité et accessibles uniquement aux membres les plus fiables du groupe.
Enfin, il est important de se rappeler que même les membres les plus fiables peuvent devenir des traîtres. Par conséquent, il est important de limiter les informations sensibles partagées

avec chaque membre et de ne leur donner que les informations dont ils ont besoin pour remplir leur rôle dans le groupe.

Établissez des sanctions pour la trahison :

Pour dissuader les membres du groupe de trahir, il est important d'établir des sanctions strictes pour les actes de trahison.

Lorsqu'on est confronté à une situation de survie extrême, il est crucial d'établir des règles claires et strictes pour le maintien de l'ordre et la sécurité de tous les membres du groupe. Cela comprend également l'établissement de sanctions pour les membres qui trahissent ou mettent en danger le groupe. Voici quelques exemples concrets de sanctions qui peuvent être appliquées :

- Exclusion du groupe : Si un membre est surpris en train de trahir le groupe ou s'il met délibérément la vie des autres membres en danger, il peut être exclu du groupe. Cette sanction a l'avantage de protéger les autres membres du groupe de toute influence négative.

- Perte de certains privilèges : Si un membre est impliqué dans des activités suspectes ou a un comportement potentiellement dangereux, il peut se voir retirer certains privilèges du groupe, tels que l'accès à des ressources ou des informations sensibles.

- Perte de confiance : Si un membre est pris en train de trahir ou de mettre en danger le groupe, cela peut entraîner une perte de confiance entre les membres restants. Cette perte de confiance peut affecter les relations entre les membres du groupe et nuire à leur capacité à travailler ensemble efficacement.

- La mort : Bien que cela puisse sembler extrême, dans les cas les plus graves de trahison ou de mise en danger délibérée de la vie des autres membres, la mort peut être considérée comme une sanction appropriée. Cela peut être particulièrement vrai dans les situations où la sécurité de l'ensemble du groupe est en jeu.

Il est important de souligner que ces sanctions doivent être établies de manière claire et juste, et que leur application doit être cohérente pour tous les membres du groupe. De plus, il est préférable d'établir ces sanctions avant qu'un acte de trahison ne se produise, afin que tous les membres du groupe sachent à quoi s'attendre en cas de violation des règles.

Établissez un système de confiance :

Enfin, il est important d'établir un système de confiance au sein du groupe, qui encourage les membres à être honnêtes et loyaux les uns envers les autres.

Pour établir un système de confiance au sein du groupe, il est important de mettre en place plusieurs stratégies. Tout d'abord, il faut encourager une culture d'honnêteté et de transparence au sein du groupe, en encourageant les membres à communiquer ouvertement leurs préoccupations et leurs opinions. Les membres doivent être encouragés à signaler tout comportement suspect ou toute activité qui pourrait être considérée comme une trahison.

Il est important de reconnaître les membres les plus fiables du groupe et de les valoriser pour leur loyauté et leur dévouement envers le groupe. Cela peut être fait par des récompenses telles que des avantages spéciaux ou même des promotions dans la hiérarchie du groupe.

Enfin, la création d'un comité de confiance peut également aider à renforcer les liens de confiance entre les membres. Ce comité peut être composé des membres les plus respectés et les plus fiables du groupe, qui agissent comme médiateurs dans les conflits et les problèmes au sein du groupe. Ils peuvent également jouer un rôle dans la surveillance des membres du groupe pour détecter les signes de trahison et aider à appliquer les sanctions appropriées en cas de besoin.

En établissant un système de confiance solide au sein du groupe, les membres peuvent travailler ensemble de manière plus efficace et avoir une plus grande confiance les uns envers les autres, ce qui est essentiel pour la survie dans des situations de crise telles qu'une attaque d'extraterrestres.

En conclusion, la méfiance des faux alliés et des traîtres est essentielle pendant une attaque extraterrestre, et les groupes de survivants doivent prendre des mesures pour protéger leur sécurité et leur survie en établissant des critères stricts pour l'admission, surveillant les membres du groupe, évitant de partager des informations sensibles, établissant des sanctions pour la trahison et établissant un système de confiance.

CONCLUSION

Récapitulatif des principales étapes à suivre

Pour récapituler, voici les principales étapes à suivre pour maximiser les chances de survie lors d'une attaque d'extraterrestres :

1 - Se mettre à l'abri : Il est important de trouver un endroit sûr et sécurisé où se réfugier, comme une cave, un abri anti-bombes, ou une forteresse.

2 - Constituer un groupe : Il est essentiel de rassembler des personnes fiables et compétentes pour former un groupe de survie. Ces personnes doivent être capables de contribuer aux besoins du groupe, comme la sécurité, la médecine, l'approvisionnement en nourriture, etc.

3 - Planifier la défense : Il est important d'établir une stratégie de défense efficace en fonction des ressources disponibles. Cela peut inclure la mise en place de postes de garde, l'utilisation de pièges ou d'armes, ou la construction de barricades.

4 - Établir des moyens de communication : Il est crucial de mettre en place des moyens de communication fiables pour

rester en contact avec les membres du groupe, échanger des informations et coordonner les actions.

5 - Surveiller les membres du groupe : Même si tous les membres du groupe ont été admis avec des critères stricts, il est important de surveiller leur comportement en permanence pour détecter toute activité suspecte ou des signes de trahison.

6 - Éviter de partager des informations sensibles : Les informations sur les points de rendez-vous, les plans de défense, les sources d'approvisionnement et les moyens de communication doivent être gardées secrètes et partagées avec prudence.

7 - Établir des sanctions pour la trahison : Pour dissuader les membres du groupe de trahir, il est important d'établir des sanctions strictes pour les actes de trahison.

8 - Établir un système de confiance : Il est crucial d'établir un système de confiance au sein du groupe, qui encourage les membres à être honnêtes et loyaux les uns envers les autres.

En suivant ces étapes, les chances de survie lors d'une attaque d'extraterrestres peuvent être grandement améliorées. Toutefois, il est important de se rappeler que chaque situation est différente et que la flexibilité et l'adaptabilité sont essentielles pour survivre dans un monde en constante évolution.

Conseils supplémentaires pour rester en vie

En plus des étapes clés mentionnées précédemment pour survivre à une attaque d'extraterrestres, voici quelques conseils supplémentaires pour maximiser vos chances de survie :

- Évitez les grandes foules et les zones urbaines densément peuplées : Les extraterrestres cibleront probablement les zones les plus densément peuplées, donc si possible, évitez de vous rendre dans les grandes villes ou les zones densément peuplées.

- Restez informé : Si vous êtes pris dans une attaque d'extraterrestres, vous devez être capable de vous adapter rapidement aux changements de situation. Assurez-vous donc de rester informé de l'évolution de la situation en écoutant la radio, en regardant les actualités, ou en communiquant avec d'autres survivants.

- Évitez les blessures : Les blessures sont un facteur important qui peut réduire vos chances de survie. Évitez donc les situations dangereuses ou risquées, comme traverser une rue ouverte, explorer des bâtiments effondrés, ou se battre contre des extraterrestres sans armes adéquates.

- Soyez prêt à vous déplacer rapidement : Si vous êtes dans une zone dangereuse, vous devez être capable de vous déplacer rapidement pour éviter les extraterrestres. Gardez donc vos bagages légers et préparez-vous à partir à tout moment.

- Évitez de paniquer : La panique peut être contagieuse et peut conduire à des décisions irrationnelles ou dangereuses. Essayez de rester calme et de vous concentrer sur la situation, et suivez les instructions des leaders du groupe.

- Soyez prêt à coopérer avec d'autres groupes de survivants : Si vous rencontrez d'autres groupes de survivants, soyez prêt à coopérer pour augmenter vos chances de survie. Assurez-vous simplement que les autres groupes partagent les mêmes valeurs et les mêmes objectifs que vous.

- En suivant ces conseils supplémentaires, vous pourrez augmenter vos chances de survie en cas d'attaque d'extraterrestres.

Perspectives pour l'avenir et la reconstruction

Une fois que l'attaque extraterrestre est terminée, il est important de penser à l'avenir et à la reconstruction. Voici quelques perspectives pour l'avenir :

- Évaluation des dégâts : Après l'attaque, il est important d'évaluer les dommages causés et de déterminer les ressources nécessaires pour reconstruire. Cela peut inclure la réparation ou la reconstruction de bâtiments, de réseaux de communication et de transport, ainsi que la fourniture de soins médicaux et de services d'urgence aux personnes blessées.

- Récupération des ressources : L'attaque extraterrestre peut avoir épuisé les ressources disponibles dans la zone touchée. Il est donc important de récupérer les ressources disponibles, telles que la nourriture, l'eau et les fournitures médicales, pour les distribuer aux personnes qui en ont besoin.

- Élaboration de plans de reconstruction : Pour aider à la reconstruction, il est important de développer des plans détaillés pour la réparation et la reconstruction des infrastructures endommagées. Les plans devraient inclure des échéanciers réalistes, des estimations de coûts et des objectifs clairs.

- Renforcement des mesures de sécurité : Après une attaque extraterrestre, les mesures de sécurité doivent être renforcées pour éviter toute attaque future. Cela peut inclure l'installation de nouvelles défenses et la mise en place de protocoles de sécurité plus stricts pour la surveillance et la détection des menaces.

- Préparation à l'avenir : Enfin, il est important de se préparer à toute éventualité future. Cela peut inclure la formation de groupes de défense locaux, l'installation de systèmes d'alerte avancés et la mise en place de plans d'évacuation et de secours pour les zones à risque.

En résumé, la reconstruction après une attaque extraterrestre est un processus difficile et complexe qui nécessite une planification minutieuse et une coopération entre les autorités et les citoyens. Il est important de prendre en compte les leçons apprises pendant l'attaque et de travailler ensemble pour renforcer la sécurité et se préparer à toute éventualité future.

En conclusion, nous avons vu dans ce guide les étapes importantes pour augmenter vos chances de survie pendant une attaque extraterrestre. Nous avons appris comment se préparer avant l'attaque, comment réagir pendant l'attaque et comment se reconstruire après l'attaque. Il est important de garder à l'esprit que ces étapes ne garantissent pas votre survie à 100%, mais elles peuvent augmenter considérablement vos chances. Il est également important de se rappeler que chaque situation est unique et qu'il peut y avoir des facteurs imprévus qui peuvent influencer le déroulement des événements.

En suivant les conseils présentés dans ce guide, vous pouvez mieux vous préparer à faire face à une situation extrême et imprévisible. Nous espérons que ce guide vous a été utile et qu'il vous a permis d'apprendre des choses nouvelles et intéressantes. Nous vous souhaitons la meilleure des chances en cas d'attaque extraterrestre et n'oubliez pas : restez calme, réfléchissez rapidement et faites preuve de détermination pour survivre.

De plus, la survie lors d'une attaque extraterrestre est loin d'être garantie, mais en suivant les étapes décrites dans ce guide, vous augmenterez considérablement vos chances de rester en vie. Nous espérons que ce guide vous sera utile en cas de situation critique, et nous vous encourageons à le partager avec vos proches. Si vous avez trouvé ce guide utile, nous vous invitons également à laisser un avis sur la page de vente en ligne pour aider les autres lecteurs à prendre une décision éclairée.

Enfin, nous tenons à remercier tous les lecteurs qui ont fait confiance à ce guide pour leur donner les moyens de se préparer à une éventuelle attaque extraterrestre. Votre confiance nous a inspirés à fournir des informations pratiques et utiles pour augmenter vos chances de survie dans cette situation extrême.

Nous espérons sincèrement que vous n'aurez jamais à faire face à une telle situation, mais si cela devait arriver, nous sommes convaincus que vous serez mieux préparé grâce à ce guide. Merci encore pour votre soutien et votre confiance.

Nous vous souhaitons la meilleure des chances en cas d'attaque extraterrestre et n'oubliez pas : restez calme, réfléchissez rapidement et faites preuve de détermination pour survivre.

TABLE DES MATIÈRES